小学館文庫

浄瑠璃長屋春秋記

紅梅

藤原緋沙子

小学館

目次

浄瑠璃長屋春秋記　紅梅

第一話　秋の雨

一

「おっかさん、こちらが青柳新八郎《あおやぎしんぱちろう》様です。八雲多聞《やくもたもん》様に代わりまして用心棒をつとめて頂くことになりました。巳之助《みのすけ》にはすでに青柳様のお住まいは教えてありますので、この先外出の折には青柳様の方にお使いをお願いします」

秀太郎《ひでたろう》が、母親おていの前で畏《かしこ》まって挨拶《あいさつ》すると、おていはじろりと、うさんくさそうな目を新八郎に向けてきた。

「ふん」

鼻を鳴らして、吸っていた煙管《きせる》を長火鉢《ながひばち》の縁《へり》に打ちつけた。勝手にやれ、そんな気配がありありと窺《うかが》える。

おていという初老の女は『宝屋《たからや》』という看板をあげる、なんでも買取り屋の大おかみで、巳之助というのは、おていにつき従っているただ一人の手代《てだい》である。

亡くなったおていの亭主は、富沢町でほそぼそと古着屋を商っていたが、店を継いだおていは女だてらに一計を案じ、『諸式諸物なんでも買い付け屋』を始め、近頃では宝屋のおていといえば、商人仲間で知らぬ者はいない。

金儲《もう》けのうまい婆《ばば》として、一種恐れをもって遠巻きにして見ているのだった。

ただ諸式は諸式でも、諸式物産問屋の看板を堂々と掲げて表を闊《かっ》歩《ぽ》する大商人ではない。忍び足探り足で品物を売買する闇《やみ》の商人というところだろうか。

つまりおていは、店仕舞いをする店に狙《ねら》いをつけては小判をちらつかせ、商品を叩《たた》き買いし、それを今度は表の商人に売りつけているのである。

一つの店が潰《つぶ》れた時、その店を譲り受けるのが同業者ならば商品の値打ちも一緒に手打ちしてくれるが、そうではなくて、他業種の商人に譲る場合は、商品はただ同然、その価値は無いに等しい。

おていは、そこに目をつけた。

呉服にしろ、小間物《こまもの》にしろ、金物にしろ何にしろ、そういう商品をすべて買い受ける。

店を立ち退《の》く者にとっては、その後の暮らしも考えれば、店の売り渡し代金とは別に、商品もいくばくかの金となって片がつけば助かるというものだ。叩き売りでも、ただ同然に譲り渡すよりは良い。

一方おていにとっては、買いとる商品はすべて新品。着物の柄など多少の流行遅れがあったとしても、古着だって買えない者がいるこの時代に、新品中古は貴重な品で、しかるべく商人に売れば結構な利益を産む。

そうして集めた新品中古は、今や宝屋が借りた倉庫に山積みになっていて、おていの儲けがどれほどになるものなのか、想像がつこうというものである。

だがおていは、金を儲けたからといって決して贅沢《ぜいたく》な暮らしはしていない。おていにとっての唯一の贅沢は、息子夫婦と別所帯にして、煩《わずら》わしい思いもせず、気楽に暮らしている、ということだろうか。

おていの頭の中には稼ぎの額にふさわしい豪奢な暮らしなど微塵《みじん》もないらしい。ただその生き方を、息子夫婦に押しつけることもない。

おていは亭主と暮らした富沢町の、看板も上げてない古い仕舞屋《しもたや》にずっと住んでいるし、息子夫婦は堀留二丁目に借りている倉庫の側に『宝屋』の看板を上げ、小綺麗《こぎれい》に商品を並べて卸《おろし》の商いをしているのである。

一方の息子の秀太郎は、商人としての体裁を保てるように上物の着物をつけている。

また着る物にしても、おていは古着を着ている。しかも紬《つむぎ》で、派手で高価なものは着ない。丈夫で実用的な着物を着る。

おていの顔は血色もよく肌も黒いが、息子の秀太郎は青白い顔をして痩《や》せたひょろひょろの男である。

二人は、親子と言われなければわからないほど人相風体《ふうてい》が違って、いかにも対照的だった。

新八郎は、茶の袷《あわせ》に黒繻子《くろじゅす》の帯を締めたおていに言った。

「それがしは青柳新八郎と申す。こちらの事情はこの八雲から聞いておるほどに、遠慮なく何でも言ってくれ」

新八郎がまず先に言葉をかけると、間をおかずにして、側《そば》で決まり悪そうに座っていた多聞が言った。

「いやいや、申し訳ない。ずっと婆《ばあ》さんの用心棒をと思っていたのだが、いかんせん女房が病に倒れてな、ガキどもの世話をする者がおらぬ。それで俺の親友のこの男に代わってもらったという次第だ。何、おばばの用心棒としてはこの男はもってこいだぞ。俺のようにがさつではない。腕も立つ。見栄《みば》えもいい」

多聞はなんとすらすらと弁じたのである。逃げの一手、というところか。

実のところ多聞は、おていの用心棒代が外出一度につき一朱だと値切られて、引き受ける気をなくしてしまったのだ。

なにしろ外出は毎日ある訳《わけ》ではない。三日に一度ぐらいである。それでは暮らせぬと、別の割のいい仕事を見つけてきたのである。

おていは、そんな裏の事情など先刻承知の顔で言った。

「別に私は用心棒など、どうでもいいんですがね」

「おっかさん、私の気持ちもわかって下さい。お供をするのが巳之助だけではいかにも心許無《こころもとな》い。用心棒代はこちらでお払いしますから」

「おや、そうかい。そういう事なら私の仕事の邪魔にならないようにしておくれ」

その言葉に、秀太郎はようやく顔を綻《ほころ》ばせて、

「青柳様、よろしくお願い致します」

新八郎の前に白く細い手をついた。

長屋に戻ったのは半刻《はんとき》後、七ツ頃だった。

「おや……」

新八郎は木戸を入るとすぐに、家の前で八重《やえ》と連れ立つ同心の姿を見た。

八重も新八郎に気づいて頷《うなず》いてきた。顔色は判然としないまでも、二人の様子から何か只《ただ》ならぬ事情が生じたことは察知出来た。

新八郎は足早に近づいた。

八重と並んでいるのは、仙蔵《せんぞう》が近頃岡っ引として従っている北町奉行所見習い同心、長谷《はせ》啓之《けいの》進《しん》だった。

「何かあったのか」

「仙蔵さんがいなくなったんです」

八重は仙蔵の家の前を見て言った。

「何……」

仙蔵の家の戸は、ぴしりとしまって人の気配はない。

新八郎は歩み寄って戸を開けた。

澱《よど》んで湿ったような空気が家の中には漂っていて、何日も戸を締め切っていたのは確かだった。

「私も気づかなかったのですが、長谷様が気になることをおっしゃるので、こちらまでご案内してきたのです。新八郎様もご存じないとは、いったいどこに行ったのでしょう」

八重は不安げな顔を向けた。

「そういえば数日会ってないな。長谷殿の手伝いで忙しいのかと思っていたのだが」

新八郎は小首を傾《かし》げた。

仙蔵は用がなくても新八郎の家にちょくちょく顔を出す男である。今日はどこそこで何があったとか、どこそこに旨《うま》い蕎麦《そば》屋が屋台を出したとか、つまらぬ話をして帰っていく。

しかし、なぜ仙蔵が黙って家を空けているのか、新八郎には思い当たるものは何もなかった。

「青柳殿、実は四、五日前のことだが、仙蔵が私のところにやって来て、私の仕事はもう手伝えなくなったと、そう言ったのです。それも神妙な顔をしまして」

「理由はなんと……」

「それが、もごもご口ごもりまして、はっきりしませんでした。私も定町廻《じょうまちまわ》りになれるかどうか定かではありません。何があったか知らぬが、ひきとめるのもどうかと思いまして、さして理由も詳しく聞かなかったのですが、どうも妙に気になりまして、八重さんに聞いたのです。八重さんも何も知らないようでしたので、こちらに訪ねてきたのですが」

「ふむ……」

妙なことがあるものだと、新八郎は思った。

――まさかとは思うが、昔の悪い仲間に引きずり込まれたということだって、考えられないことではない。

「新八郎様が心配なさっていることを、こちらの長谷様も……」

八重は、新八郎の心をすばやく読んでそう言って長谷を見た。

「困りました。私もこの月はお勤めです。仙蔵を捜す時間はございません。しかし、いっときとはいえ、私を助けてくれた者です。安否だけでもわかればと思うのですが」

長谷は太い溜《た》め息《いき》をついた。

「八重殿、仙蔵はいつからここに住んでいるのだ」

仙蔵は新八郎がこの長屋に入ってきた時には、すでに住人だった。

新八郎が知る限り、ここでの暮らしで仙蔵がよからぬ者たちとつるんでいたとは思えなかった。

だが、新八郎も知らぬ昔の暮らしの中に、仙蔵が姿を消した理由があるのではないか、ふとそう思ったのだ。

「そうですね……仙蔵さんは私よりも先に、この長屋に入っていたのですが」

八重も思案の目を仙蔵の軒《のき》に向けていたが、

「そういえば、深川の今川町に住んだことがあるとか言っていました。でもそこでの暮らしが辛《つら》くなって、こちらに移ってきたのだと……」

「今川町か」

「はい」

「辛いこととはいったい何だったのだ」

「それは聞いてはおりません」

「ふーむ」

すると、前に住んでいた長屋で、何か嫌なことがあったらしい。まさか当時の仕事の巾着《きんちゃく》切りがばれたのではあるまい。ふとそんな事を考えていると、八重がまた思い出したように言った。

「たしか、こんな事も言っておりました。住んでいた長屋にはお稲荷《いなり》さんがあって……そうそう、大家さんがお稲荷さんの側に無花果《いちじく》の木を植えていたらしいのですが、実が熟する頃に、長屋の子供たちがとって食べるものだから、大騒ぎがおこるのだとか」

「よし、少し当たってみるか」

「青柳殿、恩にきます」

長谷は、すまなそうな顔で頭を下げた。

「なんの、何かあってからでは遅い。間違っても長谷殿のお縄にかかるようなことは避けねばならぬからな」

新八郎は言いながら、自身が発したその言葉に、急に不安が募るのを覚えていた。

その時である。

仙蔵の家の隣《となり》の家から、風呂敷包みを抱えた女が出てきて、三人の方に近づいて来た。

女はおくまと言って、大工の女房だが、夕方から柳橋の袂《たもと》にある船宿に下働きに出ているのである。

「あの、青柳の旦那《だんな》、仙蔵さんのことでちょっと」

どうやら、家の中にいたおくまは、青柳たちの会話を盗み聞きしたようである。

つい聞こえちまいまして相すみませんが、などと前置きをして、

「あたし、仙蔵さんを訪ねてきた女の人、見ましたよ」

目をまんまるく見開いて言った。

おくまは、色の黒い太った女で、顔もまんまるい。そのまんまるい顔で目ん玉まで丸くする時には、何かに得意になっている時である。

井戸端で長屋の女房たちと話していても、おくまが中心になっている時には、おくまはいつだって目をまんまるくして、仲間の顔をあっち見て、こっち見てしゃべるのに余念がない。そういう光景を新八郎は何度も見てきている。

おくまの表情からも、仙蔵を訪ねてきた女は、ただの訪ね人ではないなと新八郎は思った。

新八郎は、おくまのぎょろりと剝いた目を見て聞いた。

「いつの事だ」

新八郎が尋ねると、十日ほど前の事だと言う。

「あの日も丁度この時分でしたよ。最初はあたしんちに来たんです。この長屋に仙蔵という者はいないかとね」

「ふむ」

「で、あたしは隣だと教えてやったわけさね。あいにく仙蔵さんは出かけていたけど、その女の人は色の白い、背のすっと高い綺麗《きれい》な人で」

「仙蔵とは、どんな関係なんだ。それは聞いてはいないのか」

「ええ。あたしが見たところ、恋仲の人じゃない事だけは確かだね。あんまり不釣《ふつり》合《あい》だったからね」

おくまはそこでくすりと笑った。だがすぐにもとの顔に戻すと、

「ところがところが」

三人の顔をじろっと見渡して、

「亭主がさ、その夕刻六ツ前に、両国橋の袂で、仙蔵さんと綺麗な女の人が立ち話をしているのを見たって言うんですよ」

「まことか」

「まことか……旦那、うちの旦那が嘘《うそ》を言うものかね。外に女の一人もつくれないような気のちっちゃな旦那がさ。夫婦喧嘩《げんか》して、あたしが一晩外に叩き出したって、そこの軒にじっと朝まで立っているような人が、そうでしょ」

「わかった、わかった、おくま。先を話してくれ」

うっかりして、おくまの余計なお喋《しゃべ》りを引き出してしまったと、新八郎は慌《あわ》てて遮《さえぎ》った。

「亭主の話じゃ、二人は妙な雰囲気《ふんいき》だったって言ってたよ」

おくまはまた、目をぎょろりとむいた。

「妙とはどんな風に妙だったのだ」

聞いてしまって、新八郎はまたしまったと思った。

「妙とは妙のことでしょ旦那、そんな難しいこと言われても説明できませんよ」

「すまん。その通りだ」

「世話が焼けるね、まったく」

「わかった、わかった」

新八郎は、そう返事するしかなかった。

「その翌日からじゃないかしらね、仙蔵さんが家を出たのは……」

「そうか、女か」

新八郎は呟《つぶや》きながら、長谷を、そして八重を見た。

「旦那、その女の人だけど、滅多にお目にかかれないような別嬪《べっぴん》さんでしたよ。でも、ちょっと崩れた感じのする人でしたね。襟《えり》も深く抜いてたし、白粉《おしろい》も濃かったから……そうそう、口元に小豆《あずき》ほどの黒子《ほくろ》がありました」

「………」

「あたしが知ってるのはそれくらいかな」

おくまは言い、大きな目をぱちくりさせると、

「じゃ、あたしはこれから仕事だから」

下駄を鳴らして出かけて行った。

おくまの豪快に振る肉付きの良い尻を見送りながら、

「青柳殿……」

長谷の声に、新八郎は頷《うなず》いていた。

二

新八郎はすぐに動いた。

長谷が帰り、八重が店に出ていくと、いったん家に入った。

急いで今朝塩をまぶして握っておいた握り飯二つを頰張《ほおば》ると長屋を出た。

漠然《ばくぜん》としたものだったが、仙蔵の身に何かが起こっているのではないかという懸念が胸の中に広がっている。

じっとしてはいられなかった。

——まずは仙蔵が昔暮らしていた長屋を訪ねてみるか。

新八郎は、一ツ目の橋を渡ると御船蔵を右に見て隅田川沿いを下った。

新大橋の袂に出ると、小名木《おなぎ》川にかかる万年橋を渡り、更に下手の、仙臺堀《せんだいぼり》に架《か》かる上之橋を渡って今川町に入った。

辺りの景色に目を止める余裕もなく足早にやってきたが、上之橋の南袂に立った時、新八郎は改めて秋の気配を感じていた。

涼しくなったと肌で感じてはいたが、強い夏の日差しを照り返して真っ青に見えていた川の水が、緑色を帯びていた。秋の色だった。

新八郎は、仙臺堀を東に向かった。

今川町は、仙臺堀の南岸に細長く延びている町である。

目当ての、稲荷があり、その稲荷の側に無花果の木を植えてある長屋はすぐにわかった。

仙臺堀通りに米屋があるが、その店の横手の木戸が長屋の木戸口だった。

なにしろこの長屋は無花果長屋と呼ばれていて、この辺りでは有名だったのである。

新八郎が木戸から路地に踏み込むと、途端に子供たちの声が聞こえて来た。

四半刻もすれば日も暮れようとする路地の中である。

母親たちは気忙《きぜわ》しげに井戸端で夕餉《ゆうげ》の支度をしているし、子供たちは母親の手元を気にかけながら友達とふざけあい、食事を今か今かと待っている。

そんな路地の風景の奥に、

――なるほど、あった。

井戸端の奥に稲荷が見え、その側に青々と茂る無花果の木があった。

――ここだ。ここが仙蔵が昔暮らしていた場所に違いない。

新八郎は確信した。ただ、慌ただしい日暮れ前の光景を前にした新八郎は、長屋の女房たちに物を尋ねるのをためらっていた。

この時刻は母親たちにとっては、一日のうちで最も忙しい。

子供たちが待ちくたびれて、指をくわえるなどして母親にすりよったりすると、

「向こうに行ってな、もうすぐだから」

などと言って追い払う。日暮れ時は、母親たちにとっては一刻を争うときなのだ。

それは新八郎が住んでいる浄瑠璃《じょうるり》長屋でも同じこと、そのあたりの事情がわから

ない新八郎ではない。

新八郎は来る時刻を違えれば良かったかなと、逡巡《しゅんじゅん》しながら女たちのせわしなくうごく手元を見詰めていた。

すると、飯釜《めしがま》で米をといでいた女が、水加減を見定めて釜を抱えて立ち上がった。

女は新八郎と目が合った。

「旦那、何かご用ですか」

女は不審な目を向けた。井戸端にはその女の他にも二人の女が野菜を洗ったり、茶碗《ちゃわん》を洗ったりしていたが、その女たちも一斉に新八郎に向いた。

「いや、昔ここに住んでいた仙蔵の事で聞きたい事があって参ったのだが……」

「仙蔵さんの事?」

「そうだ。ここでどんな暮らしをしていたのかとな」

「旦那は、どんな関係なんですか、仙蔵さんと」

「仙蔵が今暮らしている長屋に住む者だが……」

新八郎は名を名乗り、仙蔵が突然いなくなって心配しているのだが心当たりがない。そこでここに来れば何か手がかりが摑《つか》めるかも知れないとやって来たのだと告げた。

「仙蔵がいなくなる前に、女が訪ねてきていたらしいのだ。色の白い綺麗な女だったと言うのだが」

「おようちゃんの事かしらね」

飯釜を持った女が言った時、

「おようちゃんだよ、きっと」

井戸端から声が飛んできた。野菜を洗っていた中年の女で、笊《ざる》に野菜を入れて抱え、二人の側に近づいて来た。

「十日前くらいになるかね、ここに来たんだよ、おようちゃんが」

「誰だね。おようというのは」

「仙蔵さんと一緒に暮らしていたひとだよ」

「何……綺麗な女だったと聞いているぞ」

信じ難い目で二人を見た。

「旦那……」

笊を抱えた女がくすくす笑って、

「仙蔵さんだって男なんだからさ」

「しかし、所帯を持っていたとはな……」

「きちんと夫婦になったっていう感じじゃなかったね。気がついたら一緒に暮らしていた、そんな感じだった。でも、何があったのか一年ほどで別れちまいましてね。おようちゃんがこの長屋を去ってまもなく、仙蔵さんも引っ越して行ったんですよ」

「ふむ。すると……おようは何年かぶりにここに仙蔵を訪ねてきた訳だな」

「ええ。おようちゃんは仙蔵さんが引っ越して行ったって事は知らなかったようですね。昔とはずいぶん変わっちまってさ」

「おかみ、おようは黒子《ほくろ》があったかな、口元に、小豆大の」

「ええ、ありましたよ。色白だからよけいに目立つって、本人も気にしていましたね。なにしろおようちゃんは、つとめていた水茶屋では売れっ子だったようですからね」

「ほう、水茶屋につとめていたのか」

「ええ、新大橋の袂にある水茶屋ですよ。店の名はたしか『茜屋《あかねや》』とか言ってましたね。仙蔵さんは気の置けない人のいい男だけど、稼ぎが悪かったからね。季寄せの商いを手を替え品を替えしてやってたようだけど、どれも長続きしなくってさ」

「女は嫌になるよ、そういう男はね」

飯釜を抱えていた女が相槌《あいづち》を打った。

すると、井戸端で茶碗を洗っていた女が言った。

「しまいには大喧嘩してさ、あたし、止めに入ったことがあるんだから。おようちゃんも気の強い女だったけど、どっちが悪いと言われれば、やっぱり仙蔵さんだね」

他の二人の女も、その言葉に頷いている。

「そうか……で、仙蔵が今浄瑠璃長屋にいる事は教えてやったんだな」

「ええ、訳は聞きませんでしたが、何かこみいった話があるような、そんな顔してましたからね」

「わかった。忙しい時間に手間をとらせたな」

新八郎は小さく頷いて礼を述べ、踵《きびす》を返した。

――昔の女か……。

そんな話は一つも聞いたことがなかった。

あのおしゃべり雀が一度も明かしたことのない、おようという女の事で、仙蔵は姿を消したに違いない。

――水茶屋の茜屋か……。

新八郎は、新大橋の袂に向かった。

水茶屋の茜屋は、すぐに見つかった。

隅田川が見渡せる橋の袂に店はあった。葭簀《よしず》張りの店などではなく、ちゃんとした居付きの建物で、掛行灯《かけあんどん》に明々《あかあか》と灯《ひ》をともして客を誘い入れていた。

新八郎が店の中を覗《のぞ》いた時には、土間にある腰掛けはほとんどふさがっていて、奥に見える座敷にも羽織《はおり》を着た武士が上がっていて空いた席はなかった。

この手の立派な水茶屋は、単に煎茶《せんちゃ》を出すだけではなく、いや、煎茶も一斤《きん》六匁《もんめ》十匁の茶を漉《こ》して客に出し、二碗《わん》目は素湯《さゆ》に塩漬けの桜の花を浮かべ、三碗目には香煎を素湯に浮かべて出したりと、接待する茶や女の美を競うだけでなく、茶そのものにも工夫を凝らして客の関心を引いていると聞く。

新八郎などは、茶を飲むためにわざわざ外の店に出かけたりしないから、実際そのような接待を受けたことはない。

そういった話は多聞からの受け売りである。

なるほど、立ち働く女たちも、めいめいが自慢の着物を着、黒繻子の帯を締め、裾《すそ》に小花を散らした友禅の前垂れを掛けていて、色を競っているかに見える。

一服の値段はというと、一応一服八文と紙に書いて吊してあるが、これも多聞から聞いた話では、書いてある通り八文ぽっきり茶代として払ったら、何も知らぬヤボな男だと嫌な顔をされるという。

たいがいは五十文、百文と置くらしい。二、三人で立ち寄れば二百文ぐらいは女の手に渡さねばならないらしい。

——冗談じゃない。俺にとっては一日の稼ぎに当たるといってもいい金額だ。茶代に五十文払うのなら、その金で酒を飲む。

新八郎は店に入ると、のっけから、

「いや、すまぬが茶を貰《もら》いに来たのではない」

早々に客じゃないと断った。

「あら、そうですか」

応対した女は、その言葉に鼻白《はなじろ》んだ。

「ここにいたおようという女の事で、話を聞きたい」

「おようさん？」

女は聞き返したが、どうやら初めて聞く名のようで、

「お待ち下さい」

新八郎にそう言うと、茶釜の側にでんと座って店を見渡している、でっぷりした年増《としま》の女のところに行って耳打ちした。

どうやら年増の女は、この店の女将《おかみ》のようである。

じろりと新八郎に不審げな視線を送って来たが、よっこらしょっと立ち上がると、重たそうな体をゆっくりと新八郎のもとまで運んで来た。

「おようちゃんの何をお聞きになりたいのでしょうか。あの子がうちで働いてたのは、随分前のことですよ」

盛り上がった肩から襟を引き上げるようにして聞いてきた。

「おようが仙蔵という者と暮らしていたのは知っているな」

「ええ、どうしようもない怠け者の男の事でしょ」

「…………」

新八郎は返事に窮した。

確かに仙蔵は稼ぎは悪いが怠け者ではない。なにかしら仕事をしなければならないという自覚のある人間だ。

ただ何をやっても飽きっぽい。結局実入りに繋《つな》がらずにまた巾着切りをやってしまうといった、悪循環を繰り返してきただけである。

当時はむろん、季寄せの商いは隠れ蓑《みの》で本職は巾着切りだったに違いない。だから、先ほどの長屋の女房たちや目の前の女将から、仙蔵は羽振りが良かったなどと聞くほうがよほど新八郎には辛い。

だが怠け者で稼ぎが悪かったとなれば、おそらく仙蔵は巾着切りをやってはいたが、それは暮らしを助けるための窮余の一策、根っからの巾着切りではなかったという事ではないか。

新八郎は、妙にほっとしている自分に気づいて心底で苦笑していた。

「ほんとならね、おようちゃんは仙蔵さんなど相手にするような娘じゃなかった。

このお店では、おようちゃんは器量よしだし、売れっ子だったんだから……それを、行儀の悪いお客にからまれちゃって、それを助けてくれたのが仙蔵さんだったんですよ……」

「ふむ。すると、それがきっかけで親密になったという訳だな」

「まあね……私は反対したんだけど」

女将は渋り顔で言った。

女将の話では、あれよあれよという間に二人の仲は深くなった。

「放っておけないの、あの人には私が必要なんです」

おようはそう言って店も辞め、仙蔵と暮らし始めた。

だがまもなく、仙蔵の稼ぎでは暮らしていけないと再び店で働くようになったのだが、それも半年あまりで、仙蔵とは別れたのだと言い、以前よりおようにぞっこんだった杉蔵《すぎぞう》という男の囲い者になった。

むろん店もすっぱり辞めていったから、その後のことは知らないのだと女将は言い、

「おようちゃんは、自分の暮らしのためだけに働いていたんじゃありませんからね。

田舎《いなか》に仕送りしていたんですよ、だから稼ぎの悪い男とは暮らせなかったのだと思いますよ」

「杉蔵というのは、何者だ」

「私が聞いたのは、古着の買い付けをやってる人だって言ってましたが、羽振りは良かったですね。この店にやって来ても、いつだって百や二百はぽんと出してくれましたしね」

「住まいはどこだ」

「堀江町だと聞いています」

「堀江町だな……いや、邪魔をした」

新八郎は怪訝《けげん》な顔で見返す女将に頭を下げると、茜屋を出た。

三

宝屋の大おかみ、おていの呼び出しがあったのは翌日のことだった。

迎えにきた巳之助と一緒に富沢町のおていの住まいを訪ねると、おていは長火鉢の上でそろばんを弾《はじ》いていた。

「おかみさん、ただいま戻りました」

店の土間に入ると巳之助はおていに声をかけ、おいしにお茶を頼んできますと告げて台所に消えた。

「お上がり下さい。出かけるまでまだ半刻はあります」

おていは眼鏡《めがね》の奥からそう言うと、帳面を閉じた。

「歳《とし》を取るのは嫌だねえ。そろばんを入れる時には眼鏡が離せなくなりましたよ」

先日とはうってかわった穏やかな表情である。

「おいし、羊羹《ようかん》があったろう、あれをお出しして」

おていは、茶を運んできた女中にそんな事を言い、新八郎に気遣いまでみせた。

「いえね、旦那に少し私の商いについてお話ししておきたい、そう思いましてね。あたしゃ嫌われ者だから、いつ誰に狙われるか知れたものじゃない」

「安心しろ。滅多なことでは襲わせぬ。しかし、いったい誰に襲われるというのだ」

「青柳様」

おていの側に座った巳之助が話を取った。

「誰かはわかりませんが、おかみさんはこれまでに二度危ない目にあっております」

「ほう、詳しく話してくれ」

「はい。一度目は、これは先月のことでございますが、おかみさんと私と二人で、音羽町《おとわちょう》にある小間物屋に買い付けに参りましたが、その時のことでございました……」

その日の商談は夜だった。

人の目につかぬ夜に出向いて来てほしい。小間物屋の主《あるじ》の要望だった。

おていが出入りするという事は、店をしまうのだと世間に公表するようなものである。だから小間物屋のように、夜の買取り話が結構多い。

店が潰れたの人手に渡ったなどという事は、いずれはわかる話だが、当人たちにとってみれば、最後まで家の恥は秘匿《ひとく》したいと思うらしい。

だからその日も、夜を待って出かけて行った。

小間物屋で買い付けを済ませて、二人が店を出たのは夜も四ツ前だった。

小間物屋の女房がなかなかのしっかり者で、買取り価格に折り合いがつかず、店の窮状の現実を女房に納得させるまで時間がかかったのである。

とはいえ、買い取った。

ほっとして二人で表に出たものの、月はあったが弓張月で足下は暗かった。

巳之助は提灯《ちょうちん》を掲げておていの行く先を照らしながら歩いた。

楓《もみじ》川に架かる海賊《かいぞく》橋を渡ろうとしていた時である。突然、後ろから誰かが駆けて来た。

橋の上だから足音はよくわかる。切迫した足の捌《さば》きで、下駄でも草鞋《わらじ》でもない、草履《ぞうり》の音だった。

二人が片側の欄干《らんかん》に寄り、その音をやりすごそうとしたその時、足音は風のように二人の側を駆け抜けた。

同時に、どんと体が当たる鈍い音がした。

「おかみさん」

おていが蹲《うずくま》っていた。

巳之助はそこまで話すと、大きな息を吐いた。そして新八郎の顔を見返して、

「おかみさんは、腕を刺されていたのですよ」

「何……」

新八郎はおていを見た。ところがおていは平然と新八郎を見返して、

「ふん。殺そうと思ったんだろうが、あたしの骨は固いですからね。年寄りは骨ばかりなんですから、そう簡単にはやられませんよ」

強気なところをみせたのである。

巳之助は、更に心配そうな顔で告げた。

「青柳様、その後でもう一度、危ない目に遭《あ》いまして……」

巳之助の話によれば、十日ほど前の夕方の事だった。

その日巳之助は、人足を伴って先に買い付けた商品を受け取りに行く事になっていて、おていのお供は出来なかった。

そこでおていは、舟ならば大丈夫だ、相手と約束を違《たが》えることは出来ないなどと言い張って、猪牙《ちょき》舟を雇って富沢町の浜町河岸《がし》から舟に乗り、一人で買取り先に向かったのだ。

舟は隅田川に出て竪《たて》川に入り、新辻橋の手前から大横《おおよこ》川に入って北に向かう筈《はず》だ

った。

目指すは、北中之橋近くにある木綿《もめん》屋の『赤松屋《あかまつや》』という店だった。

ところが、竪川に架かる三ツ目の橋をくぐり抜けた時、橋の上から石の塊《かたまり》が落ちてきた。

石の塊はおていの体から拳《こぶし》ひとつ外れて落ちた。びっくりしたおていが橋の上を振り仰いだが、人の影は見えなかったというのである。

おていはその事を巳之助にも息子の秀太郎にも話さなかったが、猪牙舟の船頭の口から秀太郎に告げられた。

「宝屋のおかみと知って襲ってきたのは明らかです。若旦那もう放ってはおけないとおっしゃいまして、それで用心棒を雇うことになったのでございます」

「ふむ……」

新八郎は腕を組んでおていを見た。巳之助の言う通りだと思った。

「おかみ、心当たりはないのだな」

「旦那……」

おていは苦笑を浮かべると、

「人を疑えばきりがありません。ただ、私を狙う者がいるとしたら……」

おていは、言いかけて口を噤《つぐ》んだ。

「何だ……誰だね」

「同じような仕事をしている者の他には考えられませんね」

「おてい、俺がこんな事を言うのもなんだが、秀太郎も危ない目に遭うような仕事は、もう止《や》めてほしいと言っていたぞ」

「あたしには夢があるんですよ、旦那。これは亡くなった亭主の夢でもあったんです。堂々と大通りに店を出して、貧しい暮らしをしている在所の者たちを呼び寄せて働いてもらうという夢です。そうすれば在所の暮らしも楽になりますからね。村の者が駆け落ちしたり飢えて死ぬことはなくなります。このお江戸の店を、在所のお救いの場にしたい、そういう夢です」

「ほう……」

「ですから、まだまだ……旦那、三日後には大きな取引があります。よろしくお願いいたします」

おていは言った。

強欲で買取りをやっているのではない。熱い信念があってやっているのだという気迫が、おていには感じられた。

新八郎は、おていの意気込みに気圧《けお》されるような思いで外に出た。

――おや……あれは、仙蔵ではないか。

新八郎は、差し向かいの横丁の路地に消えていく仙蔵の姿をとらえていた。

「仙蔵！」

道路をつっきって路地に走ったが、もはや仙蔵の姿は見えなかった。

――まさか、幻を見たわけでもあるまい。しかし、なぜこんな所に……。

新八郎の胸は騒いだ。

――あぶなかった。まさか旦那があんな所に現れるとは……。

仙蔵は仕舞屋の戸を乱暴に開けると、家の中に飛び込んだ。そしていったん閉めた戸を二寸ほど開けて通りを見た。

担い売りが一人、家の前を通り過ぎたが、新八郎の姿はなかった。

仙蔵は、ほっとして上がり框《がまち》に腰を据えた。

仙蔵が駆け込んだ仕舞屋は、富沢町とは浜町堀を挟んだ隣町、栄橋の近くにある久松町の横丁にあるおようの家だった。

——いったい、どうなってしまったんだ俺は。

仙蔵は、あっという間に窮地《きゆうち》に立たされている自分に、一種狐《きつね》につままれたような気分になっていた。

十日ほど前のことである。

昔深川で一緒に暮らしていたおようが突然長屋を訪ねて来たことを隣のおくまから聞いた。

まさかとは思ったが、その日の夕刻、長屋の木戸口で人待ち顔に立っているおようを見た仙蔵は、正直心の臓が飛び出るほど驚いた。

「およう……」

目を丸くして声を掛けた仙蔵に、

「いまさらだけど、他に相談する人がいないから……」

おようは消沈した顔で言い、目を伏せた。

別れて四年余りになる。

およう は、仙蔵と暮らしていた頃には着けたこともないような、絹物の着物を着ていたが、目を伏せたその頬には仙蔵の知らない暗い陰が宿っていた。

しかもかつての面影はない程痩《や》せている。

はちきれんばかりだった腰回りも、しなびたきゅうりのように見えた。

また、全身を包んでいるけだるい雰囲気も、以前にはないものだった。

仙蔵は、おようが杉蔵とかいう中年の男の囲い者になったという話を、水茶屋にいた女友達から聞いていた。

どんな野郎か知らないが、瑞々《みずみず》しく香ばしいかおりを漂わせていたおようを、腐りかけた蜜柑《みかん》のようにしちまったのかと思うと、仙蔵はおようの姿から顔をそむけたくなった。

しかし一方で、昔の女が思いもよらなかった姿で立っているのを見ると、有無をいわさず引き寄せて、抱き締めてやりたい衝動《しょうどう》にかられているのも事実だった。

正直なところ仙蔵は、おようとのやりとりで疲れはてて、二度と女に近づくものかと腹に決めて暮らしてきた。

それほどおようを、好いていたという事である。

だが、仙蔵の口をついて出たのは、

「こんな頼りない男とは一緒に暮らせねえ、そう言ったのはおめえじゃないか」

皮肉たっぷりな言葉だった。

「ごめんなさい」

おようは、うつむいたまま、消え入るように言う。

——ちぇ、勝手なことを言ってやがるぜ。

そうは思ったものの、素直に謝ったおようが痛々しい。

仙蔵の胸に、愛《いと》しさが痛みをともなって瞬《また》く間に広がった。

だが仙蔵は、憮然《ぶぜん》とした顔で言った。

「ここではなんだ。少し歩こうか」

おようを促して先に立った。

浄瑠璃長屋から両国橋は目と鼻の先、橋の袂の小さな店にでも入るつもりだった。酒を我慢すれば、蕎麦一杯、しるこ一杯ぐらいなら、二人で食べることが出来るな。懐《ふところ》に手を差し入れて巾着をさぐりながら思った。

おようは、下を向いて黙ってついてきた。

二人はひとことも言葉を交わさず、黙々と歩いた。

「あの……」

橋の袂で、およう が後ろから声をかけた。

「やっぱり、このまま帰ります」

「何言ってるんだ。ここまで来たんじゃねえか」

「でも」

「いいから、腹一杯とはいかねえが、俺がおごる」

「いいんです。ここで……お金、大切にして下さい」

「そうかい、じゃ、話とやらを聞こうじゃねえか」

二人は、両国橋の袂の石の階段を降りた。

並んで座ったが、どちらからともなしに人ひとり分空けて座った。

顔を見るのは憚《はばか》られる。仙蔵が深い緑色を宿している川に目をやった時、およう が口を開いた。

「わたし、今の人と別れたいんです。でも、恐ろしくて……そんな事を言い出したら、殺されそうで……」

「…………」

「手立てがなくて……誰にも相談出来ないから、それで……」

「誰かって……そうだな、水茶屋の女将にでも仲に入ってもらったらどうなんだ。女将がいるところで、男にはっきり言えばいい」

「お金がないんです。旦那に返すお金が……」

「馬鹿言ってんじゃねえや」

仙蔵は声を出さずに笑った。

「不義をした訳じゃあねえんだろ。なんで旦那に金を渡さなきゃならねえんだ」

「ええ……」

おようは小さな声で頷くと、今だから言うのだが、仙蔵さんと別れたのも、田舎で暮らすおっかさんに仕送りが出来なくなったからだと言った。

杉蔵という男の囲い者になったのも、杉蔵が存分に田舎の母親に仕送りをしてやればいい、そう言ってくれたからだが、機嫌《きげん》の良かったのも最初のうちで、一年二年とたつうちに、俺の恩を忘れるな、お前は情けでおいてやっているんだなどと言い出した。

冷たくなったと思ったら、杉蔵は新しい女を別のところに囲っていたのである。

今年になって母が亡くなり、およはそれを機に別れてほしいと頼んだが、

「旦那は、別れたかったら今まで出してやった金を耳をそろえて返せ、なんだったら身売りでもするかと、そんな事を言うんです」

「いったい、幾ら返せと言うのだ、その男は」

仙蔵は聞いた。一両の金も蓄えてはいなかったが、聞かずにはいられなかった。

「三十両……」

「三十両！」

仙蔵は目を剝《む》いた。

二人は口を噤んだ。何かを言い出そうと思っても思いつかない。金がなければ空《むな》しいだけだ。

しばらく黙って川面《かわも》を眺めていたが、

「およう、一つだけ手立てがあるぜ」

仙蔵は、きらりと光る目をおように向けると、

「駆け込むのだ」

低い声だが力のこもった声で言った。

「えっ」

「いいか、寺に駆け込むのだ。人の話じゃあ鎌倉には縁を切ってくれる寺があると聞いてる。それしかかねえ」

「仙蔵さん……」

「よし、善は急げだ。俺がついて行ってやる。明日江戸を出よう」

仙蔵は、頼もしい声でおように言った。


——あれが蹴躓《けつまず》きのはじまりだった。

仙蔵は、誰もいない座敷に上がると、あぐらをかいてそこに座った。

おようと約束した翌朝、仙蔵は暗いうちに長屋を出た。

いくらも歩かないうちに、肩が冷たいのに気がついた。

秋の雨だった。

霧のような雨だった。

仙蔵は菅笠《すげがさ》をかぶった。

──およう《ぬ》は来ているか。

濡《ぬ》れるままに肩を秋の雨にまかせて、仙蔵は約束の江戸橋に向かった。

橋の袂に菅笠をかぶった旅支度の女が立っていた。おようだった。

二人は夜が明ける前に少しでも江戸から離れるために急ぎ足で品川に向かった。

手に手をとって冷たい雨の中を黙々と歩いた。

ところが、夜もしらじらと明けてきた芝口の橋の上で、行く手から背後から、ならず者の男たちに挟み撃ちにあった。

「丹次郎《たんじろう》、おまえ」

おようは恐怖のあまり、青い顔をして呟いた。

「おようさん、面倒はこれっきりにしてもらいやしょうか。旦那が首、長くして待っていやすぜ」

丹次郎という男は、冷たい笑みを浮かべてそう言うと、

「おい、かまわねえから、やれ」

いささか遠慮ぎみに囲んでいた男たちに、顎《あご》をしゃくった。

仙蔵が抵抗するまもなく、二人は後ろ手に縛られて、布で口を塞《ふさ》がれ、町駕籠《まちかご》に

押し込まれたのであった。

——殺されるに違《ちげ》えねえ。

不思議に静かな気持ちでその時を待ったが、町駕籠から下ろされて、この家の中に転がされた時には、おようの姿は見えなかった。

「ふん、おめえが仙蔵か」

転がされている仙蔵を覗き込んだのは、おようの旦那の杉蔵だった。

「お、おようはどうした」

仙蔵は叫んだ。

「ふん、めでたい奴だぜ。昔の女の色香が忘れられずに、人のものになった女を横取りして、駆け落ちしようってか……」

「………」

「安心しな。おようは無事だ。店の方に押し込めてある」

「な、何」

「俺と別れたいなどと喚《わめ》いていたぜ」

「………」

「上等じゃねえか、なあ……。散々世話になった主から逃げようとするとはな。だから言ってやったんだ。仙蔵っていう野郎が俺のいう事を聞いてくれたら、その時は解放してやってもいいとな」

「何をあっしにしろって言うんだ……」

「おやおや、目の色が変わったぜ」

杉蔵は、まわりにいる手下たちを見回して、面白そうに笑った。

「仙蔵とやら、おめえは巾着切りというじゃねえか」

「な、何故知ってる」

「おようから聞いていたんだ、昔な」

「まさか……」

おようが仙蔵の世間を憚る正体に気づいていたとは、仙蔵は少しも気づかなかったのである。

「一緒に暮らしてりゃあわかるさ、そんなことは。さて、そこでだ」

杉蔵は、笑みを浮かべて、

「おめえのそのすばしこい腕を貸してほしい。成功したあかつきには、おようとは別れてやるぜ」

「ほんとうか……」

「二言はない。まっ、嫌だと言ったら、おめえも、おようも、死んで貰う。不義をした上での心中とでもするか……」

杉蔵は、ひゃっ、ひゃっ、ひゃっと、奇妙な声を出して笑った。

だがすぐに、ぎろりと鋭い目を向けると、

「命と引き換えだ。ドジ、踏まねえように、ようく聞くんだ」

押し殺した声を放った。

その仕事というのは、商売敵《がたき》のおていという婆さんが一人で買い付けに行くのを襲い、持参している金をごっそり頂戴《ちょうだい》するというものだった。

仙蔵は断ることは出来なかった。おようを救ってやりたい一心で、杉蔵に手を貸す約束をしたのであった。とはいえ、

――ちくしょう。

仙蔵は立ち上がった。せっかく足を洗った巾着切りに、また逆戻りするのかと思うと、体が震えて来る。酒でも飲まずにはいられなかった。

四

「新八郎様」

新八郎が『吉野屋《よしのや》』の店に入ると、八重が待ち受けていた。

「あちらでお待ちです」

八重は一方を示すと、奥に消えた。

そこには八雲多聞が手酌《てじゃく》で酒を飲みながら待っていた。

「ここだ、新八郎」

多聞がいち早く新八郎を見つけて手招きした。

「こんな時刻から酒を飲んでいられるとは、よほどいい仕事でも見つかったのか」

新八郎は多聞の側に座った。そして八重が持ってきた茶を引き寄せると、

「八重殿、俺は酒はいい」

酒肴《しゅこう》の注文を断った。

八重も仙蔵のことが気になるのか、小女《こおんな》にこちらはいいですからと断ると二人の

側に座った。

「仙蔵がいなくなったらしいな。八重殿から聞いた」

多聞は盃《さかずき》の酒を飲み干してから言った。

「うむ。捜しているが見つからん」

「惚れた女を杉蔵とかいう男に取られてしまったらしいな。ドジな奴だ……それで俺なりに調べてみたんだが、妙な話を聞いたぞ。杉蔵のことだ」

「おぬし……」

「お前にあの婆さんの仕事を押しつけたからな、他の話で埋め合わせをしようと思ったまでだ。それに仙蔵は、もと巾着切りとはいえ俺たちの仲間じゃないか」

「すまぬ、それで……」

「あやつはただものじゃない、杉蔵のことだ。俺も口入れ屋の仕事が長いからな、古着屋の用心棒をした事がある。それで奴の噂《うわさ》をひろってみたんだが、杉蔵は十年ほど前に上方《かみがた》からやって来て商いを始めた新参者らしいぞ」

多聞は、手酌で酒を注《つ》ぎながら、新八郎をちらと見た。

多聞の話によれば、五年前に杉蔵を古着屋株仲間に入れるかどうかの寄り合いがあったらしい。

その時、素性の知れない杉蔵を仲間に加えることに難色を示したのが、おていの亭主の勝五郎《かつごろう》だった。

古くは、古着屋といえば得体の知れない者たちの商いとされてきた。古着屋という商売を最初に始めたのが、もと盗賊だったからである。

そういった悪い噂が定着していた時代が長かっただけに、得体のしれない杉蔵が、いくら株の権利を取得したからとはいえ、これ以上うさん臭い人物を仲間に加えることはよした方がいい。勝五郎がそう主張して、その日は散会したのである。

だが、それからひと月も経《た》たずして、勝五郎は隅田川に死体で浮かんだのである。仲間うちでは、誰かに殺されたんじゃないかと囁《ささや》かれたが、奉行所は酔っ払って川に転落したものだと言い、事故として処理したのであった。

杉蔵は、まもなく古着屋の株仲間になった。

ところが杉蔵とおていの店との確執は、それでおさまった訳ではなかった。

気丈なおていは、亭主が死ぬと新しい商売の道を開いた。

中古は中古でも新品中古の売買である。

亭主の勝五郎がやっていた商いなど及ばぬ繁盛をし、利益を上げ、仲間うちの寄り合いでも歯に衣着《きぬき》せぬ説法を開陳し、今や会の中心に鎮座している。

杉蔵はまたもや面白くない場所においやられた。

しかも杉蔵は、おていを真似《まね》て同じ商いを始めたものの、根がケチで叩きに叩いて買おうとするために、才覚もあり弁も立つおていに客をもっていかれるのだという。

「俺が話を聞いたかぎりでは、杉蔵とはそういう男だ」

「ふむ、すると、おていを襲ったのは、杉蔵の手のものかもしれぬな」

「そういう事だ」

「多聞様、杉蔵にお妾《めかけ》さんがいると言っていましたね」

八重が言った。

「おおそうよ。その事だが、杉蔵はケチな癖に女好きでな。二人も妾がいるらしいぞ。一人には深川で飲み屋をやらせているということだが、寄り合いの帰りに仲間に自慢げに紹介したと聞いている」

「その女の名は、聞いてはおらぬか」

「尋ねてみたが知らないらしい。そしてもう一人は、久松町の仕舞屋に囲っているらしいぞ」

「それはまことか」

新八郎は驚いて聞き返した。

仙蔵に似た男を見かけたのも久松町だったからである。

「しかしまさか、人の囲い者になっている女のところに逃げ込むか?……いくらあの、極楽とんぼの仙蔵でも、それはあるまい」

多聞は新八郎の話を聞いて苦笑した。

だが新八郎は、

「よし、もう一度、あの辺りを当たってみよう」

立ち上がった。

「俺も一緒に行ければいいんだが、これからおつとめでな」

「いいんだ。だいたい所の見当はついている。じゃあな」

新八郎は手を上げると、店の外に出た。

「これは、長谷殿」

店を出たところで、新八郎はやって来た長谷とばったり会った。

長谷も驚いて、

「ちょうど良かった」

足を早めて近寄って来た。

長谷も仙蔵におようという女がいたこと、そのおようが杉蔵という男の囲い者になっていることなど、いっさいがっさいを八重から聞いていた。

「青柳殿、杉蔵という男の正体ですが、五年前にある事件を扱った先輩から妙な話を聞いたのです。それで一刻も早く青柳殿にお知らせしようと思いまして、いま長屋をお訪ねしたところでした」

「古着屋の勝五郎水死の件ですか」

「そうです。なんだ、ご存じでしたか」

「いや、私もいま多聞に聞いたばかりだが」

新八郎はちらと店を振り返り、また長谷に顔を戻すと、

「お奉行所は事故死と断定したそうですな」

「そのことですが、確たる証拠がなくて、そういう事になったらしいのですが、実

はぎりぎりまで、杉蔵が下手人じゃないかと調べていたようです」

「ふむ」

「当時大坂から回ってきた手配書の男に、杉蔵がそっくりだったというのですから」

「何……手配書にある罪状は何と……」

「主殺しでした。大坂の日本橋にある雑穀問屋の手代が、主夫婦を殺して金を奪って逃亡したという罪です」

「…………」

「名は杉蔵、首の後ろに大きな瘤《こぶ》があるそうです。おようの旦那にもその瘤があれば、おそらく……」

長谷は同心の端くれらしい顔つきになっていた。

新八郎が仙蔵の姿を再びとらえることが出来たのは、おていの取引に用心棒として出向く前日の夕刻だった。

仙蔵は、久松町の栄橋の袂にある縄暖簾《なわのれん》に、肩をまるめて入って行くところだった。

「仙蔵」

　新八郎が声をかけると、仙蔵はぎょっとして立ち止まり、おそるおそる振り返った。

「旦那……」

「こんなところで何をしているのだ。随分捜したぞ」

「…………」

「まあいい、おおよそのところはわかっているが、話してくれるな」

「…………」

「俺とお前の仲は、そんなに水臭いものだったのか……情けないぞ」

　新八郎は仙蔵を促して、その店に入った。

「すまぬが、奥の上がり座敷を頼む」

　新八郎は応対に出てきた女将に小粒を握らせると、店の奥にしつらえてある上がり座敷に座った。

　腰掛けがほとんどだが、奥にふた組ほどの客が上がれる座敷が見えたからである。

女将は愛想の良い返事を返すと、注文した酒と肴《さかな》を運んで来た。

「秋茄子《なす》はいかがですか、旦那。葛西《かさい》から運んでもらっているのですが、今日でもうおしまいだって言ってましたので」

「そうか、じゃそれを頂こう。仙蔵、なんでも好きな物をもらってくれ」

新八郎は、肩を落として座っている仙蔵を促した。

「いえ、あっしはもう……」

仙蔵は、消え入るような声で言う。

「お前らしくもないな」

新八郎は苦笑をすると、女将に、

「そうだな。うんと滋養のつく物をもらいたい。厚焼き卵に……他に何がある？」

「サンマはいかがですか。大根おろしをたっぷり添えて。脂が乗っていておいしいですよ」

「よし、それじゃあ女将に任せるか」

「あいよ」

女将は景気のいい声を出して、板場に戻って行った。

「旦那、すいません。お気をつかって頂きやして」

「何がお気をつかってだ。人が変わったような口をきくな。それより、随分元気がないではないか。今日は俺のおごりだ。存分に食って力をつけてくれ」

「へい……へい、旦那」

仙蔵は、突然泣きそうな声を上げると、ずるずるずるう、と洟《はな》をすすり上げて、

「ちん、ちん、ちん」

懐からてぬぐいを出し、涙混《なみだ》じりの洟を激しくかんだ。

「汚いな」

新八郎は、わざと明るく言った。

「もうしわけありやせん。旦那の心がありがてえのでございやす」

「仙蔵、お前が長屋からいなくなった原因は、おようだな」

「…………」

仙蔵は黙って頷いた。

「少し調べさせてもらったのだが、おようはどうしたのだ」

「へい……」

「その顔では、よほど深刻な事態になっているようだな」

新八郎は、これまで知ったおよう周辺の話を仙蔵に話して聞かせ、

「俺の見たところ、杉蔵という男が絡んでいる……違うか」

新八郎が言った途端、仙蔵はビクッとして俯《うつむ》いた。

「どうした。杉蔵という男を知っているのだな」

「………」

「仙蔵……」

黙りこくっていた仙蔵が、やがて観念したように顔を上げた。

「旦那、もう何もかも手遅れなんでございますよ」

仙蔵は、これまでの経緯《いきさつ》を、とつとつと話し始めた。

「めでたい男だということは、よくわかっておりやす。だがね、旦那、いっとき女房だと思って暮らした女が助けを求めにきたんですぜ。放っておけるものではござんせん。とっくに忘れた女だと思っておりやしたが、あっしの胸には、おようはずっと生き続けていたのでございやす」

仙蔵は、いまや人の囲い者になった女だとわかっていても、まだ夜も明けぬ暗い

道を、しかも冷たい雨にうたれて二人で鎌倉に向かったひとときは、これまでにない至福の時だったと哀しげな微笑をみせた。

「およはあっしを、頼もしい男として縋《すが》っておりやしたし、あっしも初めて、誰にもまけねえ愛情で、おようを包んでやっているのだという熱いものがございやした」

「仙蔵……」

「旦那、あっしは最後まで、おようが頼れる最後の男でいてやりてえ、そう思っているのでございやす」

「しかし……そのために、年寄りの懐を狙い、あまつさえ命まで狙うというのは、どうかな」

「…………」

「仙蔵」

「旦那、おようを助けることが出来れば、あっしの命はあの杉蔵にくれてやってもいい。そう思っているのでございやす。ただ、そのためにはどうしたらいいのかと、それを悩んでおりやした」

仙蔵は暗に、おていに危害を加えずして、なんとかおようを取り戻せないものかと、それを悩んでいたのだと告げた。

「わかった。仙蔵、俺の言う通りにするんだ。いいな」

新八郎は仙蔵の目をとらえて言った。

五

「さて、参りますか」

おていは、仏壇《ぶつだん》に手をあわせるとすくっと立ち、後ろに控えている新八郎に頷いた。

「おっかさん……」

おていと並んで手をあわせていた秀太郎が、心細い声を出す。

「なんて情けない声を出すんだい」

「だって、襲われるとわかっていて出かけるなんて、無茶じゃありませんか」

「馬鹿、だからお前に店を任せられなかったんじゃないか。女房をもらったら、少しはしっかりすると思ったのに、あっという間に尻にしかれて、ぬくぬくと暮らすことしか考えていないんだから。いいかい、お前のおとっつぁんは、肩に古着を担いで町の路地から路地をまわってまわって、苦労に苦労を重ねて、ようやく店を持ったんだ。そのおとっつぁんはね、曲がったことが大嫌いだったんだよ。商いに命を張ってたんだ。お前がどう言おうと、あたしゃ行きますよ」

「だって、巳之助も連れていかないんでしょう」

「巳之助には大事な他の用事があるんだよ」

「相手はおとっつぁんを殺したかもしれない相手じゃないか。どんな手をつかってくるか。あたしも行きます」

「いらないね。お前なんぞについてこられたら足手纏《まと》いというもんだ。あたしゃね、杉蔵に言ってやりたいのさ。やれるもんならやってみろとね。あの人の敵《かたき》を討てるかもしれないんだ。返り討ちにしてやりたいぐらいだ」

親子の会話は、一足飛びにとんでもない方向に向かって行く。

「おいおい、まだ亭主の敵だとは判明してないぞ。秀太郎、案ずるな、俺がついている」

「旦那、よろしく、よろしくお願いします」

秀太郎は平伏した。

「いいかい、秀太郎。いい機会だから言っておくが、この仕事を最後にあたしは引退しますからね、いいね」

おていは秀太郎に言い残すと、泰然として富沢町の家を出た。

おていの話によれば、今日の取引は大伝馬町一丁目にある呉服屋の『小松屋《こまつや》』だった。

小松屋は近隣の大きな呉服屋に押されて店がたちいかなくなり、店を閉めて田舎に引っ越すつもりらしいが、近隣の同業者に品物を譲るのはいかにも悔しい。そこで買取り屋に話をもって来たのだが、どうやらこの話、最初は杉蔵のところに行ったらしい。

ところが杉蔵は例のごとくのケチぶりで、業を煮やした小松屋は、こっそりおていの所に買い取ってくれないかと言ってきた。

事情を知ったおていは、奮発して、全品二百両で引き取ることにしたのである。

これを知った杉蔵が、おていを許せる筈がなかった。

使いをよこして文句を言ってきたのだが、おていはけんもほろろに追い返したのであった。

そんなところに、杉蔵が人質までとり、仙蔵という男に自分を襲わせようとしていると、新八郎からおていは聞いた。だがおていは怯《ひる》むどころか、仙蔵のためにも一肌脱ぐと言ってくれたのであった。

見たところ骨が歩いているような頼りなげな婆さんだが、男顔負けの根性が、その骨の内から湧《わ》いてくるようだ。

新八郎は感心して、おていの後ろからついて行った。

「おや、旦那、霧ですね」

おていが振り返って言った。

「うむ」

あるかなしかの霧の幕が、薄闇に溶けこんでいる。

新八郎は、懐に携帯していた提灯を出した。

宝屋の屋号の入った提灯が、明々と点《とも》った。

仙蔵は腕を組み、前を見据えて黙々と歩いていた。

目指すは江戸橋の袂、そこでおていを襲うことになっていた。

おていを襲って金を奪ったら、すぐさま堀江町にある貸倉庫のひとつ、杉蔵が借りている倉庫に駆け込むことになっている。

おようは杉蔵の店から、その倉庫に移されて監禁されていた。

おようが縛られて転がされているのを、仙蔵はたった今見てきたところだった。

――ちくしょう。血も涙もねえ奴だ。

仙蔵は、杉蔵が許せなかった。

新八郎から、大坂で人殺しをした杉蔵には、首の後ろに瘤があると聞き、注意して見てみたが判然とはしなかった。なにしろ襟に隠れている。ひとの目に触れるのを殊更《ことさら》に避けているようだった。

だが、底冷えのするようなあの暗い杉蔵の目つきには、

――ありゃあ人を殺した者の目だ。

仙蔵は、そう思った。

同時に、いくら金のためとはいえ、あんな男の囲い者になったおようにも腹立た

しさが募った。

——おや、霧が出ている。

仙蔵は、立ち止まって薄闇を確かめた。

今の俺の心の中のようだと思った。俺とおようとの繋がりは、この薄闇に漂う霧のようなものだと思った。

切なかった。

その切ない気持ちを振り払うように、仙蔵は足を速めた。

前方に橋が見えてきた。

——旦那だ。

仙蔵の前方に、宝屋の提灯が揺れながら移動していく。

仙蔵は、走り出した。

霧の中をつっきって、ゆらゆらと行く二つの影に突進し、すり抜けた。

次の瞬間、おていが倒れ、

「どうした、しっかりしろ」

新八郎が、おていを抱き起こすのが見えた。

仙蔵の懐には、二百両の金の袋が入っていた。

まだ人通りのある大通りを、仙蔵は脇目《わきめ》も振らずに杉蔵の倉庫に走った。

六

すぐに、厚い戸が、鈍い音を立てて開いた。

仙蔵は、とある倉庫の前で、小さいが押し殺した声で戸を叩いた。

「旦那、開けてくれ。俺だ、仙蔵だ」

すぐに、厚い戸が、鈍い音を立てて開いた。

「金は？」

杉蔵の手下の丹次郎が扉の向こうから聞いてきた。

「ここにある」

仙蔵は懐を叩いてみせた。

「よし、入れ」

丹次郎は顎を奥にしゃくってみせた。

その奥には、蝋燭《ろうそく》に火がともされ、その側におようが縛られていて、杉蔵が座っていた。

「その前に約束だ。おようを渡してくれ」

「なんだと……」

「こっちへ……おようをここまで連れて来てくれ。俺は約束を果たしたんだ。金と引き換えだ。そうじゃねえと大声をここで上げるぜ。この倉庫には人がしばられているとな」

「ぬけめのねえ野郎だぜ。わかった、ちょっと待て」

丹次郎は奥に走ると、杉蔵に耳打ちした。

揺れる蠟燭の炎の側で、杉蔵が目をかっと見開いて、丹次郎の話を聞いている。

その時間の長いこと……仙蔵の胸に不安が広がり始めたその時、杉蔵が頷いた。

「立て！」

すっかり憔悴《しょうすい》したおようを、丹次郎ともう一人の手下が引きずるようにして連れて来た。

「仙蔵さん」

おようが、力なく叫んだ。

「金が先だ」

丹次郎が、仙蔵の方に行こうとするおようの首を引っ張って言った。

「ここだ。乱暴はやめてくれ」

仙蔵が金の袋を突き出すと、丹次郎はそれを受け取り、自分の後ろに控えていたもう一人の手下に渡した。

「仙蔵さん……」

おようが、仙蔵の方に走りよろうとしたその時、おようの背中で鈍い音がした。

「およう！」

おようは、倉庫の闇に崩れるように倒れて行った。

そこには、冷徹な目をした杉蔵が立っていて、その右手には血で汚れた匕首《あいくち》が鈍い光を放っていた。

「ちくしょう。なんてことしやがる。およう」

仙蔵は、おように駆け寄った。

「およう！」

だがおようは、すでに気を失って虫の息だった。

「ああ、およう……およう」

おようの体に取りすがり、叫び続ける仙蔵の首根っこが、むんずとつかまれた。

「おめえにも死んでもらうぜ。無理心中だな、お前たちは」

杉蔵の笑いを含んだ冷たい声が耳元でした。

と、その時である。

「ぎゃっ」

杉蔵の叫び声がした。

杉蔵は倉庫の中にふっ飛んでいた。

「親分」

手下たちが杉蔵に駆け寄った。

「仙蔵、遅くなってすまぬ」

息をはずませた新八郎が、仙蔵を庇《かば》うようにして立っていた。

「だ、旦那」

仙蔵は、緊張の糸が切れて、泣き出しそうな声を上げた。

「安心しろ。俺だけではないぞ。長谷の旦那も助けにきた」

新八郎が外の闇を目顔で指した。

「杉蔵、北町奉行所がお前を召し捕る。神妙にしろ」

長谷啓之進の声が、霧の中に凜《りん》として聞こえた。


「それにしても、仙蔵さんはお気の毒でしたね」

八重は酒を運んで来ると、新八郎と多聞の側に座って溜め息をついた。

杉蔵はつかまり、大坂で主を殺していた手配書の男だったと首の後ろの瘤で判明。また、おようを殺し、おていを襲った罪も問われて、まもなく獄門の刑を受けると聞いている。

一方仙蔵は、熊のように家の中に閉じこもり、もう半月にはなる。

誰にも会おうとはせず、おようの位牌《いはい》を守っているらしい。

「放っておくしか仕方がないな。俺たちではどうしようもないんだからな」

多聞が、大きな溜め息をついた。

「うむ」

新八郎は正直、途方にくれていた。

あのおていも、仙蔵のことを案じてくれて、うちで働いてくれるのならいつでもと言ってくれてはいるのだが――。

「それにしても新八郎、おてい婆さんの芝居はなかなかのものだったと聞いたぞ」

多聞が笑った。

「せめて仙蔵も、おてい婆さんのような、心の臓に毛が生えた人間なら立ち直りも早いだろうが……」

多聞は言い、ぐいと飲んだが、

「ややっ」

盃を持った手が止まった。

「仙蔵さん……」

八重が、多聞の視線を追って声を上げた。

店の入り口に仙蔵が立っていた。

木の十手を腰に差し、仙蔵は照れくさそうに笑いながら、新八郎たちの方に近づいて来た。

第二話　いのこずち

一

新八郎が美濃屋治兵衛《みのやじへえ》を店に送り届けて帰路についたのは七ツ半、冬の陽は黄昏《たそが》れるまでのひとときを、市中に寒々と落としていた。

行き交う者たちはあわただしく歩いていく。

新八郎も襟をかき合わせるようにして足を速めた。

師走《しわす》に入ると途端に町には張り詰めた空気が漂い、人々は後ろから急《せ》かされているかのように脇目もふらず急いでいく。

やり残した仕事の始末をつけておきたい――。

そういう思いが、人々を駆り立てているようだ。

実際商人にとってこの季節ほど忙しいことはない。

新八郎の今度の仕事も、節季《せっき》の大口の掛け取りに走る『美濃屋』の主や番頭手代の用心棒だった。

このところ、商家の主や店の者が集金帰りをたびたび襲われるという事件が起きていたからだ。

小商いの商店は通常現金取引が多いのだが、大商人は盆暮れの節季払いの取引が多い。

そこで町には掛け取りに走るお店者《たなもの》の姿が目立つようになるのだが、賊はそれを待ち伏せして狙《ねら》うのだった。

美濃屋治兵衛は、大伝馬町に店を構えた紙問屋だが、大口の町家や武家の取引先が多く、それだけに用心深い男だった。

口入れ屋には「腕の立つ、それと身元の確かな者」を条件に、用心棒を求めてきたのだと聞いている。

それで雇われたのが新八郎と多聞だった。

二人は年の暮れまでの二十日あまりを、一日一分で引き受けたのだ。手間賃に異存はない。大満足だった。しかも、用心棒代の他に、美濃屋は昼飯も出してくれるから大いに助かっている。

おまけに今日は、

「年の暮れです。何かと入り用もございますでしょうから……」

と、治兵衛は前金一両をぽんと出してくれたのである。

懐は久しぶりに温かかった。

だが風は冷たかった。しんしんと足下から寒さが忍びより、指先は凍ったように痺《しび》れていた。

——穴の開いた足袋《たび》のせいだな。

新八郎は、履き替えのもう一つの足袋も傷みが激しく、継ぎ当ての途中で部屋の隅に放り投げていたのを思い出していた。

一人暮らしにも慣れてきたが、こういった時には俄《にわか》に侘《わ》びしさが身にしみる。

——懐の金で、まず足袋を求めねばな……。

ちらとそう思ったが、八重が勤める吉野屋の暖簾《のれん》を見た途端、せめて今日ぐらい冷や飯の膳の前に座るのは嫌だなと思った。

足袋より先に、八重の笑顔を見ながら温かい物で腹を満たしたい。

新八郎は、勢いよく戸を開けて中に入った。

同時に店の熱気が瞬く間に体を包んでくれ、新八郎はほっと息をつき、客の混《こ》み具合を見渡した。

――やっ。

いきなり多聞と仙蔵が、衝立《ついたて》で仕切った座敷で酒を飲んでいるのが目にとまった。

「なんだなんだ、多聞、おぬしは随分早かったな」

新八郎が二人のいる座に歩み寄ると、

「しっ」

仙蔵が口に人差し指を当て、早く腰を据えろと、新八郎の袖《そで》を引っ張る。

「どうかしたのか？」

怪訝《けげん》な顔で仙蔵の側に座った新八郎に、多聞が顎《あご》をしゃくった。

通路を隔てた差し向かいの衝立の中に、八重の後ろ姿が見えた。

その八重と向かい合って話し込んでいるのは、新八郎とさほど変わらぬ年頃の武士だった。きりりと引き締まった顔をしている。

新八郎が無言で、問いかける目を多聞と仙蔵に向けると、

――ふむ。

「口説《くど》かれているんじゃないか……八重殿は武家の出だ、そこいらの女にはない魅力があるからな……。俺が思うに、ここに客としてきているどこかの御家中の者だな、きっと……見ろ、あの様子ではご執心だ」

多聞は憮然《ぶぜん》とした顔で囁《ささや》いた。

新八郎は、突然気持ちを削《そ》がれたような気分になった。胸中穏やかではない。八重は新八郎にとってなくてはならない存在になっている。

どうやら多聞たちも同じような気分と見えて、飲みっぷりにはいつもの陽気なものはない。

「すまぬが熱い酒をくれ。それと、まず湯豆腐をたのむ。体が冷えているのだ」

新八郎は脇を通りかかった給仕女に声をかけた。

その時だった。八重がはっと首をねじってこちらを見た。

そして新八郎に小さく会釈《えしゃく》をしてすぐに顔を戻したが、振り向いた時の八重の表

情にはただの口説き客を相手にしているのではない深刻なものが窺《うかが》えた。

どうやら多聞や仙蔵が詮索しているような浮いた話ではないな――。

新八郎は、直感した。

そう思って見れば、二人の間には、人には秘するような雰囲気が見受けられる。それが何なのか、むろん新八郎に見当などつく筈《はず》もない。

思えば、新八郎が浄瑠璃長屋に引っ越してきてより、八重には随分と世話になっている。

だが新八郎は、八重の過去を踏み込んで聞いたことはない。聞いてはいけないような気がして、ことさらに避けてきたような気がする。

心底では八重がなぜ長屋に住むことになったのか、八重の過去が気がかりだったのに、聞く機会を失ってきた。

八重と今顔をつきあわせている武家は人品卑しからず、印象としては文句のつけようがない。

それがかえって多聞や仙蔵のやっかみをひきおこすことになっているようだが、二人が詮索しているように八重の将来が幸せになることだったらケチをつけるわけにもいかぬ。

——だが、しかし……。

そう思う一方で、実際そんな事になれば、新八郎としては寂しさに襲われるのも正直なところだった。

新八郎は、つまるところ、多聞や仙蔵と変わらぬ心境になっているのに気づいて苦笑した。

「他にご注文はございませんか」

熱燗《あつかん》を運んできた給仕女にふいに声をかけられて、新八郎の八重への関心はそこで途切れた。

「そうだな……俺にも同じものをくれ」

新八郎は、多聞と仙蔵がせせっている鰈《かれい》の焼き物を目で指した。

「承知しました。お二人は栗茶碗もご所望ですが、いかがします？」

給仕女はさらに聞き返してくる。

「栗……栗がまだあるのか」

「ええ、八重さんが工夫をなさって保存しておりまして、お正月まではいただけます」

八重の客への心遣いが知れようというものである。

その時だった。

「いらっしゃいませ」

八重が笑みを湛《たた》えて新八郎たちに近づいてきた。相手の武家も八重についてきている。

「おくみさん、新八郎様は栗ご飯がお好きです。出してさしあげて下さい。それから松茸《まつたけ》のお吸い物も……」

八重は給仕女を下がらせると、八重の側で優しげな目で見守る武家を振り返り、

「私がいつもお世話になっている方々です……」

新八郎たちを紹介した。

不意をつかれてしどろもどろに会釈する新八郎たちに八重は言った。

「亡くなった夫興津《おきつ》の友人で田島《たじま》様と申されます。わたくしの暮らしを心配してくださいまして、わざわざお訪ね下さったのです」

ちらと笑みを武家に投げた。

「田島由之助《よしのすけ》と申す。国元から殿に同道して参ったのですが、ずっと以前から八重殿のことが気がかりでござった。息災にすごしているようでほっとしておりますが、私からも八重殿のこと、この先もよろしく頼みます」

武家は律儀に挨拶《あいさつ》をし、新八郎たちに軽く頭を下げると、八重に店の玄関口まで見送られて帰って行った。

「それで……八重殿に聞いたのか、本当のところを？」

多聞は、美濃屋治兵衛が番頭の勘助《かんすけ》を従えて赤松《あかまつ》藩上屋敷の小玄関に消えるのを見届けると、新八郎とともに小御門脇にある腰掛けに座るやいなや、すぐに八重の話を切り出した。

今日の二人の仕事は、大名屋敷や旗本屋敷をまわる主の用心棒である。

掛け取りの額も大きく、先日同じ大伝馬町にある呉服問屋『丸屋《まるや》』の番頭が、さる大名屋敷の掛け取りの帰りを襲われて三百両という大金を奪われたことから、治兵衛の掛け取りには二人して警護につくように言われたのだ。

だが、多聞の関心はもっぱら一昨夜会った、田島という武家に向けられているようだった。

つまり八重とあの武家とは本当に八重の亡き夫の友人、それだけの関係なのかどうかという、その一点だった。

「いや、あれから八重殿には会ってはおらぬ」

「なんだなんだ、おぬし、それでいいのか？」

多聞には、明らかに新八郎の心を探るような興味がみてとれる。

「どういう意味だ。立ち入って聞くことではないだろう」

「そりゃあそうだが、まっ、いいか」

「何がいいのだ。奥歯に物の挟まったような口をきくな」

「いや、俺はおぬしが失踪《しっそう》したお内儀を捜していることは承知している。それをわかった上で言っているのだが、おぬしが八重殿と暮らすことが出来ればなと、時に思うことがあるのだ」

「馬鹿な……」

否定したものの、心の片隅で何かが動いたような気がした。

「気を悪くしないでくれ。おぬしを案じてのことだ。その若さでずっと一人というわけにもまいるまい」

多聞はそう言うと、大きく伸びをした。

小玄関にはまだ美濃屋の姿は見えぬ。

先ほど一度若い武家の姿がちらと見えたが、しんと静まりかえっていた。

しばらくして、

「出てきたか……」

多聞が小玄関に人の気配を感じて腰を浮かしたが、美濃屋とは別の商人の姿だった。

「それはそうと多聞、おぬしは丸屋の番頭が襲われた事件だが、詳しく聞いたか」

新八郎は、小玄関を出てきた商人が、二人の居る横手を通って門の外に消えるのを見送りながら、多聞に聞いた。

それというのも、これまで襲われた者たちは、いずれも夜道で狙われており、奉行所でさえ賊の顔の特徴など何もつかんではいないらしい。

わかっているのは、賊は三人で、そのうちの一人が大刀を抜いて脅していることから、仲間に武士がいるのではないかと言われていた。

　だが今度の丸屋の事件は、まだ明るい、日のあるうちの襲撃だったと聞いている。

　その時、丸屋の番頭は傷を負ったと聞いているが、命を取り留めていれば賊につながる何かが今度こそわかるのではないかと、新八郎は考えていたのである。

「おう、それよ」

　多聞は俄に思い出したように、素っ頓狂な声を上げると、

「今朝のことだ。丸屋の前を通りかかったら仙蔵と北町の旦那《だんな》にあってな、丸屋の番頭は命を取り留めたと聞いたぞ」

「すると、何かわかったのか」

「丸屋の番頭を待ち伏せしていたのは、総髪の片眼の浪人一人と、あばた面《づら》と目の鋭い男二人でやくざ者、番頭を刺したのはあばた面の方だったと言っているそうだ」

「場所は今度は何処だ」

「横川の本法寺《ほんぽう》近くに大鶴《おおつる》藩下屋敷があるが、その屋敷の塀に沿って続く道だ」

「今度は本所か……」

「そうだ。道の片側には田畑が広がっていて、昼間でも人気《ひとけ》のないところだそう

だ」

「今までとは様子が違うな」

新八郎は頭を捻《ひね》った。

これまでに襲われた者たちは、繁華な町の近くで襲われている。場所も橋の袂《たもと》や川縁《かわべり》が多かったのだ。

「奉行所も黙って見ている訳ではない。奴らもそれを知って、今までのようにはいかぬと悟ったのじゃないか」

「…………」

「いずれにしたって、俺とおぬしがついていれば、美濃屋が襲われることはない」

多聞は事も無げに言うと、

「おい、出て来たぞ」

顎をしゃくった。

小玄関に美濃屋治兵衛と番頭の勘助の姿が見えた。

二

「八重様、興津八重様……」

はばかるような男の声が八重の名を呼んでいる。密《ひそ》やかに戸を叩《たた》く音もする。

布団にくるまって夢うつつで聞いていた新八郎は、それらの音が自分の戸口からだと知って飛び起きた。

——夢ではない……。

そうだ、今日の勤めは早々に終わっている。

八ツには長屋に戻り、火鉢に火を熾《おこ》し、部屋が暖まるまでの間酒を飲んだが、いつの間にか布団をひっぱってきて寝込んでしまったのだ。

新八郎は、そこまで思い出すと、立ち上がって着物の乱れを直しながら土間におりて戸を開けた。

「あっ……」

新八郎の顔を見て驚きの声を上げたのは、痩《や》せて目の窪《くぼ》んだ老人だった。老人は継ぎの当たった短い着物を着ている。

「八重殿の家は向こうだ」

新八郎が隣を顎で示すと、

「これは……申し訳ございません」

老人は丁寧に頭を下げると、おぼつかない足取りで八重の家の前に行き戸を叩いた。

「八重様……興津八重様……」

何度か戸の向こうに声をかけるが返事が無い。老人は肩を落として、見守っていた新八郎に顔を振り向けた。

「八重殿は留守か……」

新八郎が声をかけると、

「そのようでございます」

弱々しい笑みを浮かべて途方にくれている。

粗末ななりだが、その物腰や言葉遣いに、ただの町民農民ではないものを感じた新八郎は、

「待ちなさい」

引き返そうとした老人を引き留めた。

「柳橋に吉野屋という店がある。そこに行ってみろ」

「それが、こちらを訪ねる前に立ち寄りましてございます。そしたら、八重様は今日はもうお帰りになったと……」

「それはおかしいな……俺のところで待ってみるか？」

「ありがとうございます。そうしたいのですが旦那様が病で伏せっておりまして……」

老人はせっぱ詰まった顔で新八郎を見上げている。

「そうか、では俺がお前の言伝《ことづて》を八重殿に伝えてやろう」

「お願いしてもよろしゅうございますでしょうか」

神妙に聞く。

「いいとも、話を聞こう」

新八郎は老人を手招いて土間に誘《いざな》った。

老人の思いつめた表情から戸口で立ち話という訳にもいくまいと考えたのだ。

老人は土間に身を入れると改めて腰を折って礼を述べた。そして、自分は友蔵《ともぞう》だと名乗り、

「実は旦那様が、是非にも八重様にお目にかかりたい、そのように申しておりまして」

と言う。

「ふむ。して、そなたの主の名は？」

「柿見様《かきみ》と申します」

「柿見？……柿見誰だ」

「はい……」

友蔵は小さく返事をして言い淀《よど》んだ。困った顔で考えている。名を告げたくないらしい。新八郎はそれを察して、

「柿見殿と伝えれば八重殿は承知なのだな」

念を押した。

「おそらく……」

「おそらくとはどういう事だ」

「実は私も旦那様も、八重様にお目にかかったことはございません」

「何だと……」

「あの、ですが、八重様の亡くなられたご主人、興津勇之進《ゆうのしん》様とは深いご縁がございまして」

友蔵は、新八郎のいぶかしげな表情を読み、慌ててそんなことをつけ加えた。

——興津勇之進殿……。

新八郎は、初めて八重の夫の名を知った。

「ふむ……それで、住まいはどこだ……」

「住まいでございますか……住まいは、その……」

友蔵はまた口を濁す。

「それも言えぬのか？」

「…………」

「俺が信用ならんか友蔵、俺は青柳新八郎という者だ。八重殿とも懇意にしておる」

「いいえ、信用ならないなどと滅相もございません。色々と事情がございまして」

「そうかも知れぬが、お前のこれまでの話では、八重殿も狐につままれたように思うのではないかな。俺が見たところ、お前は逼迫《ひっぱく》した事情を持って八重殿を訪ねて来たと思われるのに、主の名も所も語らぬ。そんな話をどこまで信用してよいのやら……」

新八郎は腕を組んで、困惑の眼《まなこ》を向けている友蔵の顔を見た。

なにしろ一昨夜は、八重の夫の友人で田島由之助という者が吉野屋を訪ねてきている。

由之助は新八郎たちへの挨拶とはうらはらに、どうやら八重とは深刻な話をして帰って行ったようだったが、その心配が消えぬうちに、今日はまた妙な老人が八重を訪ねてきたのだ。

——八重殿の身辺で何かが動いている。

その何かは決して楽しいものではなく、不穏なものを含んでいる。

年寄りだと思って同情したが、訳もわからぬ話を引き受けて、八重殿に伝える訳にはいかぬなと、新八郎には警戒する気持ちが生まれていた。

すると、友蔵が意を決したように必死の形相《ぎょうそう》を向けた。

「不審に思われるのはごもっともと存じますが、これを……」

　薄い封書一通を懐から取り出して、

「もしもの時にと旦那様がお書きになったのを一枚持ち出して参りました。これをご覧頂けば、八重様は、旦那様がどのような人物かすぐにおわかりいただけると存じます」

　上がり框《がまち》に置き、新八郎の目をひたと見た。

「わかった。預かろう」

「ありがとう存じます。二日後にまた参ります。その時八重様がご承知下さいましたなら、主のもとにご案内いたします。いえ、是非ともお願いいたします。旦那様は病の床で、最後のお願いをしたいと、助けて欲しいと……」

　友蔵は声を詰まらせた。

「あいわかった。友蔵、気をつけて帰れ」

　新八郎は、痩せた老人の背を見送った。

「すみません。色糸を求めに参りまして、それで帰ってくるのが遅くなったのです」

新八郎がその夕、八重の家に灯《あか》りがともっているのを確認して訪ねると、八重は前垂れで手を拭《ふ》きながら上がり框まで出てきて膝《ひざ》をついた。

新八郎は、友蔵という爺《じい》さんが訪ねて来た事を伝え、預かっていた手紙を八重の膝元に置いた。

「友蔵さんですか……」

八重は怪訝な顔で手紙を取り上げる。

「やはり覚えはないようだな。友蔵の主は、ご亭主勇之進殿とは浅からぬ縁があるのだと言っておったが……」

「夫とですか」

「そうそう、友蔵の主は柿見というのだそうだ」

「柿見様！」

八重の顔が一瞬にして蒼白《そうはく》になった。

八重は、急いで封じ紙を切った。

中には一枚の半紙が折りたたんである。八重はそれをもどかしげに広げるが、

「ああ……」

文面を一読するや、片手で胸を押さえ、もう一方の手を床についた。苦しげな息を吐きながら、ようやく体を支えている。

「いかがした」

新八郎は、八重の手にある手紙を取り上げた。

「これは……」

凝然として新八郎はその文字を追った。

孤島にて命つなぐには余りにも過酷なり。
周りは岸壁にて水無し、穀物無し、火種も無し。
木の実もあるかなしかは定かでなく、
見えるのは、白き大鳥数えきれず——、
渡り鳥かと覚えける。
岩壁に砕けた千石船の残骸《ざんがい》を、
波に洗われる岩の間から拾い上げること数日、

水夫《かこ》竹蔵《たけぞう》と、思わず天に向かって手を合わせる。

新八郎は読み終わると、驚愕《きようがく》の目を半紙から八重に向けた。

「八重殿……柿見という御仁《ごじん》は、いったい何者だ」

「はい。八年にも及ぶ長い歳月を、無人島で暮らした漂流の人だと夫から聞いておりました」

「何と……」

「そして、夫の命を奪った人……」

八重は、喘《あえ》ぐように言った。

新八郎は絶句して八重を見た。

「漂流」などという二文字は、これまでの暮らしの中で考えることもなかったし、八重の夫がそういうことに関わって命を落としたなどと想像だにしなかった事である。

「八重殿、すると何か……ご亭主勇之進殿の敵が、八重殿に面会を求めてきた、そういう事か……」

啞然《あぜん》として八重を見る。

「………」

「しかし、友蔵の口ぶりでは、柿見という御仁は助けを求めているというではないか。どういう事だ」

「わかりません。私には何も……」

八重は呟《つぶや》くが、やがてゆっくりと体を起こすと、

「でもわたくし、会ってみたいと存じます。会って確かめたいことがございます」

きっと空を睨《にら》んで言った。

「ご亭主のことかな」

「はい」

「ご亭主の死に、何か不審なことでもあったのですな」

「納得のいかぬ事がございました。ずっとこの三年間心にひっかかっていた事がございます。それを柿見という方に糺《ただ》してみたいと存じます」

「しかし危険だな。そんなところに、そなた一人行かせる訳にはいかぬ。どうしても出向くというのなら、俺も行こう」

「お頼みしてよろしいのでしょうか」

「よろしいも何も隣人ではないか」

「新八郎様……」

八重は、ほっとしたような表情を見せた。

それは、闇の中で立ち往生していた妹が、予告もなしに現れた兄に手を差し伸べられた時のような、信頼と甘えが入り交じった、そんな心情が垣間見えた。

「八重殿、これまでの事情を話してくれるな」

新八郎は上がり框に腰を据えた。

八重もはいと答えると、座り直して、手を膝の上に載せ、落ち着いた、はっきりとした口調で語り出した。

「もう三年も前の話になりますが、わたくしの夫興津勇之進は、上総国《かずさのくに》大鶴藩御先手組衆としてお勤めしておりました……」

庭には萩の花が咲き、秋の気配が日ごとに感じられるようになったある日のこと、勇之進は早々に下城してきた。

「着替える前にお前に話しておきたい事がある」

勇之進は足早に座敷に入ると、後ろに従ってきた八重を座らせた。難しい顔をしていた。

八重がそれまでに見たこともない表情だった。八重は瞬く間に不安に襲われたが、黙って勇之進の顔を見た。

「八重、明日からしばらく家には戻れぬから、そのつもりで支度を頼む」

勇之進は、いきなり言った。

「しばらくとはどれぐらいの事でしょうか。支度をするにも都合がございます」

「わからん」

「わからん……何があったか、それも教えて頂けないのでございますか」

「黙って支度をしろ。五日になるのか、十日になるのか、今のところは見当もつかぬからそのつもりでな」

「…………」

「なに、案ずることはない。案ずることはないが、他言は無用だ。母上にも奈津《なつ》にもだ」

と勇之進は言った。

興津家には夫婦の他に、勇之進の母の瑞恵《みずえ》と妹の奈津が暮らしている。勇之進は自分の母や妹にも何も言うなと口止めした。

さらに、

「また、お前の実家や近隣の者に私の不在を聞かれたら、江戸に参ったとでも言っておくのだ」

と念を押す。

八重は言った。

「実家の者たちにはともかく、母上様や奈津さんたちが、そんな説明で納得するでしょうか」

「納得してもしなくともよい。世間に知れては困るのだ」

「…………」

夫の厳しい口調に八重は口を噤《つぐ》んだ。だが、問い詰めるような目で勇之進を見返した。

夫が長い留守をすれば、八重を快く思っていない姑《しゅうとめ》と小姑が、どんな態度で挑んでくるか不安が募る。それは夫も承知の筈だった。

勇之進は、じっと八重の顔を見ていたが、八重の心中をくみ取ったか、かいつまんでお前にだけは話しておく。だが、他言無用だともう一度念を押し、

「八重、俺もお前も八年前というと藩内で起こった政治向きのことなどわかる筈もない十七歳と十五歳だったわけだが、実はそのころ勘定方の柿見作十郎《さくじゅうろう》殿というお方が、出張していた大坂からの帰路、乗り込んだ千石船もろとも行方《ゆきがた》知れずになったという事件があったらしいのだ」

「まあ……」

「ところが先月、その柿見殿が戻ってこられた」

「八年も経って、でございますか」

「そうだ。人の話では、肌の色は黒く、髪は胸まで長く伸び、衣服は鳥の羽をつけて繕《つくろ》ったもので、まるで野人のようだったと聞く」

八重は息を詰めた。返す言葉も見つからなかった。

勇之進は声を潜めた。

「そこでだ、その柿見殿だが、失踪の真相が究明されるまで、世間に知られぬよう、さる囲い屋敷で暮らすことになってな」

「押し込めですか」

「これ、滅多なことをいうものではない」

低い小さな声だが語気強く八重を制した。

「ご家族はご一緒なのですか」

八重はこんどは神妙に尋ねたが、

「八重、これ以上柿見殿のこと、詳しい話は出来ぬ。お前も、今聞いた話を誰にも漏らしてはならぬぞ、よいな」

勇之進はそれで口を閉じた。

「…………」

八重の不安はますます大きく膨れあがった。

そんな怖い話の中身と夫がこれから出向くお役目と、どんな関係があるのだろうと、勇之進の次の言葉を待っていると、

「俺はな、八重……その囲い屋敷の警護に当たることになったのだ」

勇之進は張り詰めた声で言った。

だがその声には、けっして自分から望んだお役目ではない、そんな色合いが見て

とれた。

「そういう事だ。柿見殿が生きて帰ってきたことそれ自体、外に漏らすなと上役の梶川《かじかわ》様からも厳しく言われておるのだ。だから私のお役目も人には言えぬ。わかったな」

勇之進はそう言って、翌日早朝、まだ暗いうちに出立して行ったのである。

「新八郎様、夫が帰って来たのは、それからひと月近くたった秋も深まった頃でした」

八重は、大きく息をついた。

そして新八郎の顔にちらと視線を走らせると、またかなたに視線を移し、その時の夫の顔は疲労のために艶《つや》も張りもなくなって、十歳も老けたように見えたと言った。

「しかしご亭主のお役目は、それで終わりではなかったのだな」

新八郎は、行灯《あんどん》の灯に照らされた八重の白い横顔に聞いた。

「ええ、家に帰ってきたのは一時帰宅で、十日後にはまた囲い屋敷に戻るのだと申しました」

八重は視線を暗い土間に落として言った。

その時にはもう、八重は夫の苦労を想像することが出来た。

例えば囲い屋敷は、藩領の北側にある山の裾野《すその》にあり、その山の頂上は隣藩との国境《くにざかい》になっていて、人里離れた不便なところだなどと、夫の友人で御納戸役の田島由之助から知らされていたのである。

由之助が勇之進の留守に家を訪ねて来てくれた時、せめてどの方角に夫はいるのかと案じる八重を哀れに思ったのか、これこれこういう所だと、そっと教えてくれたのである。

その時田島は、こんなことも伝えてくれたのだった。

「漂流して帰って来た者は、一生監視の目から逃れることは出来ぬのだ。これは、武士も町民も身分に関係なく、この国では漂流して生還した者の宿命だ。わが藩だからという事ではない。ご公儀のお考えもそうなのだ。まして、柿見殿は藩の重いお役目を担って大坂に出向き、その帰路遭難にあって行方がわからなくなっている。当初は大坂に出向いたお役目がお役目だっただけに、柿見殿は遭難したとみせて出奔したのではないかと囁かれていたそうな。漂流民ということを度外視しても、柿見殿は罪を問われる立場にある」

八重はこの時、柿見が担っていたお役目とは何だったのか、ちらと頭を過《よ》ぎったが聞いてはいない。

後になってまさか夫が柿見によって命を奪われるなどと考えてもみなかった。だから、やり過ごしたという事だ。

また、それに聞いたところで、藩の秘事をそれ以上、由之助が女子供に話すとは考えられなかったのだ。

八重はただ、そんな所にかり出された夫の苦労を思いやり、帰宅してきた夫の世話に心をこめた。

ところが、夫の心身の疲れが癒《いや》されてきたかに見えた頃だった。帰宅して五日後の事だったと思うが、そろそろ床につこうかという時刻に、突然先手物頭赤羽七左衛門《あかばねしちざえもん》の屋敷から使いが来た。

緊急を要するので、すぐに来るようにと使いは言い、提灯《ちょうちん》の明かりとともに玄関の外に足早に消えていった。

勇之進は慌てて支度をして出かけて行った。

藩内に御先手組は八組あるが、それぞれの組をまとめているのは小頭で、さらにその上に座しているのが物頭である。

物頭は執政に近いお役目にあり、勇之進などはそれまで口をきいた覚えはなかった。

住まいは、小頭ならば組屋敷にさほど遠くないところに屋敷があるが、物頭の赤羽の屋敷となると、城に近い上士の武家地にあり、急いで歩いても四半刻はかかった。

果たして勇之進が帰宅したのは、家を出てから一刻ほど経った頃、戻ってきた時の表情を見ただけで、何か尋常ならざる事態が起きたことは、八重の目にも瞭然《りょうぜん》とした。

黙って迎えた八重に、

「旅の支度をしてくれ。すぐに立つ」

低く緊張した声で言い、急いで着替えにかかる。

「こんな夜中にどちらまでいらっしゃるのでしょうか」

不安な面持《おもも》ちで問う八重に、

「柿見殿が逃げたらしい。それも警護の者の刀を奪ってな」

「まあ」

八重は絶句した。

「急いでくれ。赤羽様のご命令で、小頭の梶川様と二人で捕らえに行く」

勇之進は、そう告げたのである。

「新八郎様」

八重は話を切って、新八郎の顔を見た。そして、

「それが、わたくしと夫が交わした最後の言葉でした」

八重は言葉を詰まらせて言った。視線を落として震える息をつく。

「八重殿……」

新八郎は、労《いたわ》るような目で見守った。

八重の話のこの先が核心に迫るものだと察せられたからである。

伏した睫《まつげ》、苦しげな息づかい……そして食いしばるように引き締めた唇が、三年前の事とはいえ八重の動揺を物語っていた。

新八郎は、八重の心の静まるのを待った。

その耳朶《じだ》に、路地を遠慮がちに踏む足音が聞こえてきた。足音は八重の家の前を通り過ぎ、奥の長屋の戸を開けて入った。

長屋の一番奥に住む祈禱師《きとうし》のおまさだと思った。

おまさは男女《おとこおんな》である。本当の名は政蔵《まさぞう》だが、長屋ではおまさで通っている。

おまさは、男の癖に女の姿をして、真っ白く顔や首に白粉《おしろい》を塗りたくり、毒々しい紅をさして祈禱に出る。

だが気が弱いのか、長屋ではしんねりむっつりとして、出かける時も帰宅する時も、ひたひたひたと足音にも気をつかって歩くのである。

祈禱師おまさの足音が家の中に入ったあとは、長屋はまたしんと静まり返った。

「すみません……」

八重はそれを待っていたように、一つ大きく息をつくと顔を上げた。

「夫が追っ手として出かけて行った翌日のお昼ごろでした。夫が鹿ヶ原で斬られて亡くなったと一報が入りました……」

鹿ヶ原というのは、囲い屋敷の背後の山の中腹に広がる山野のことで、秋が訪れるとここに鹿が出てきて鳴くことから名づけられた野原である。

八重は人づてに聞いてはいたが、行ったことはなかった。

だが、枯れた芒《すすき》や野草の群生する中で、埋もれるように倒れている夫の姿を想像して、胸は張り裂けそうだった。

茫然《ぼうぜん》として待つ八重のもとに夫の遺体が運ばれてきたのは、その夜のことだった。

一緒に追っ手となって出向いた上役小頭の梶川彦六《ひころく》がつき添って来た。

その時の梶川の説明によれば、柿見を追うために二人は二手にわかれて杣道《そまみち》を上ったが、刀の斬り合う音を風の中に聞き、急いで鹿ヶ原に走ったところ、すでに勇之進は斬られて倒れていたというのであった。

「柿見を逃がしてしまったのだ。興津のお咎《とが》めは免れまい。お内儀も覚悟をしておいたほうがいい」

梶川はそう言い残して帰って行ったが、数日後、その言葉通りになった。

勇之進は大失態をしたとして、お家断絶は免れたものの、残された家族は禄を取り上げられて、食い扶持《ぶち》のみの支給となった。

但《ただ》し、物頭赤羽の心配りにより、奈津が養子を貰《もら》った暁《あかつき》には、微禄は免れぬが家督を継ぐことは許された。

八重は夫の四十九日を終えると興津の家を出た。以後は興津の家とは縁が切れ、噂《うわさ》すら届かなかったが、先日訪ねてきてくれた田島由之助の話によれば、興津の家は奈津が養子婿を迎えて三十五石の郷方まわりを拝命したという。

「新八郎様……」

そこまで八重はひととおりの話を終えると、ひたと視線を新八郎に向けた。

「わたくしが不審に思ったのは、夫の刀傷でございます。夫は背中から斬りつけられていたのです」

「何、背中を……」

「はい。よほど無防備に背を向けたものか、背後から斬り下げられておりました」

「………」

不意打ちを食らったのなら考えられぬこともない。しかし追っ手の一人小頭の梶川彦六は刀の斬り合う音を聞いている――。

新八郎はしばし考えて八重に聞いた。

「八重殿、つかぬ事を聞くが、ご亭主の剣の技はいかがでござった」

「はい、仮にも御先手組です。剣は一刀流で城下の道場では上位にあったと聞いています」

「ふうむ」

新八郎は腕を組んだ。

柿見という者の腕はわからぬが、斬り合っていて背後からそんな刀傷を受けるというのは、相対していた相手が、斬り合いのさなかに天狗《てんぐ》のように飛び上がって勇之進の背後に回り、地に落ちると同時に斬った。つまり、勇之進が後ろに向き直る隙《すき》も与えず背中を斬り下げた、ということにならないか……。

城下の道場で上位にあった勇之進が、そこまで相手にふいをつかれるものだろうかと、新八郎は思ったのである。

「新八郎様、それともう一つ腑《ふ》に落ちないことがございました」

八重は、きっと見据えると、

「夫の遺品となった腰につけていた刀ですが、刃こぼれも傷もひとつもなかったのでございます」

三

案内人の友蔵は、浅草花川戸の、うらぶれた寺の裏門の前で立ち止まると、振り返って八重と新八郎に頷《うなず》いた。

裏門といっても朽ちた板戸である。風雨にさらされて、少し強い力で叩くと簡単に穴が開きそうな門扉だった。

友蔵はその門を開けて入り、二人を導いて行く。

新八郎も八重も、黙然として後に続いた。

寺は樹木に囲まれており、朽ちた葉が風の気ままに吹き寄せられて、あちらこちらに塊をつくっていた。

三人が歩いている塀に沿って出来た小路《こみち》にも枯れ葉は散り敷かれていて、三人の歩にあわせて乾いた音を立てた。

本堂の裏手にまわった時である。葉があらかた落ちた一本の柿の木の側に、粗末な家があるのが見えた。

家のまわりには畑がある。葱《ねぎ》やしなびた大根の葉が見えた。だが畑の大半は雑草が茂っていて、耕すのを止めてから随分たっているように見受けられた。

三人が家に近づくと、突然大きな黒い鳥が羽ばたいて柿の木から飛び立った。からすだった。

八重がぎくりとして胸に手を当てた。

「こちらでございます」

友蔵は小さな声で二人に告げると、戸を開けて中に入り、二人にも入るように促した。

「うむ」

新八郎は労るような目で八重を促し、土間に入った。

「！……」

新八郎と八重の目に飛び込んできたのは、燃えかすの薪《まき》が燻《くすぶ》っているいろりの向こうで、継ぎの当たったふとんに伏す、どす黒い顔をした初老の男だった。

「ああ……」

男がこちらに向いた。目の窪んだ眼光鋭い男だった。

男は布団から手を伸ばすと、叫びとも泣き声ともつかぬ声を出した。

「旦那様！」

友蔵が急いで板間に上がって男を抱き起こした。

そして、すばやく主の背を支えるように布団をまるめて固定させると、上がり框まで戻ってきて、

「どうぞお上がり下さいませ」

新八郎と八重を上に誘った。

家の中は百姓家の住まいそのもので、二人が上がったいろりの間の他には左手に一部屋見えるが、この部屋も板の間だった。

主が寝ているあたりには二畳の畳が敷いてあるが、いろりのまわりは茣蓙《ござ》だった。

友蔵はその茣蓙の上に、藁《わら》で編んだ座布団を二つ敷き、二人に勧めた。

そして急いでいろりに薪をくべ、炎をおこし、自在にかけていた鉄瓶の湯を木の椀に入れて新八郎と八重の前に置いた。

そうして友蔵は土間におりて外に出て行った。

男はそれを待っていたように、

「柿見作十郎でござる。興津八重殿でございますな」

伸ばした足の上に両手を揃《そろ》えて八重に深々と頭を下げた。

八重はしかし、一言も発せずに柿見を見ている。

その目は険しかった。顔色も蒼白《あおじろ》く、吐く息は苦しそうで、そばにいる新八郎にもわかるほどの緊張におののいている。

その八重に、作十郎は力を振り絞るようにして言った。

「興津殿には世話になった。その興津殿が、私が囲い屋敷を脱《ぬ》けだした事で、命まで落とされたと後になって聞いた……すまぬ」

「後で聞いた……夫を殺したのはあなた様ではございませんか」

八重は、待ちかまえていたように作十郎の顔をきっと見据えると、押し殺した声で言った。

その声は震えていた。懸命に押し寄せる怒りを抑え込んでいるようだった。

「それは違う。私は興津殿を殺してはおらぬ」

作十郎はすぐさま否定した。

「言い逃れはおやめ下さいませ」

「言い逃れなど致さぬ。ご覧の通りのこの体だ、余命は知れておる」

「では誰が……誰が人も通わぬ鹿ヶ原で、夫を背後から斬ったのでございましょうか」

「斬ったのは……梶川彦六だ」

「かじか……」

八重は言いかけて言葉を呑《の》んだ。

「八重殿、梶川は己の欲のために興津殿を殺したのだ」

「………」

八重は混乱をきたしていた。作十郎が名指した人は夫の上役で、しかも一緒に柿見の追っ手となった人である。

八重は血の気《け》の失《う》せた白い顔で、新八郎を見た。混乱しきっているのが見てとれた。

新八郎は八重に代わって問い質《ただ》した。

「柿見殿、八重殿はご亭主の死に不審を抱いていた。柿見殿に会う決心をしたのはそのためだ。柿見殿が今申したことに嘘《うそ》偽りがあった時には、俺が許さぬぞ」

「青柳殿でございますな。おぬしのことは友蔵から聞いている。先ほども申したが、いまさら嘘も偽りもない。真実を伝えたかった。私が遭難したことで、ある者は切腹させられ、ある者は領外追放となり、そして興津殿は殺されて死人に口なしをいいことに責を問われた。私はこのまま、黙って果てるわけにはいかぬのだ……」

作十郎は、拳を握りしめた。

「わかった、話を聞こう」

新八郎は柿見の目を捉《とら》えて言った。

「十一年前のことでござるよ。私は窮地に陥った藩財政のてこいれをするために大坂に出向いたのだ……」

作十郎は、静かに語り始めた。

当時藩は、新しい借金をしなければ、目前に迫った参勤交代の費用どころか、それまで借りていた借金の利子支払いも滞るのは目に見えていた。

そこで執政たちは協議の末、かねてより取引のある大坂の商人『天徳屋《てんとくや》』に無理を承知で救済を依頼することになった。

借り入れは少なくても二千両、使者として選ばれたのが、柿見作十郎だった。

大藩で二千両といえばさして大金とは言わぬかもしれないが、三万八千石の大鶴藩にしてみれば、藩の存亡がかかる金額といっても過言ではない。

なにしろ、藩主家の一年分の経費千両にもことかく有様で、また差し迫った参勤交代の費用捻出《ねんしゅつ》のこともあり、なりふり構わず、一両でもかき集めたいところだったのだ。

実際藩は実質一万両ほどしか収入が無く、しかもこれまでの借金が一万二千両にも及んでいたから、その利子だけでも九百両の捻出が必要だったのである。

柿見は当時勘定方で御勝手の総勘定にいた。しかもその部署では最古参の四十一歳、脂ののりきった働き盛りだった。

柿見はすぐさま大坂に出向いた。

そしてしぶる天徳屋の重い腰をあげさせたのは、新しい塩田開拓の話だった。新しい塩田の塩の販売権を天徳屋に向こう十年全て託すかわりに借金を申し込んだのである。

天徳屋は、とりあえず差し迫った参勤交代に必要な金の不足金三百両を柿見の手に渡した。

残りの千七百両は、ひと月後に天徳屋が江戸に出向いたおりに大鶴藩邸まで足をのばし、塩田になる浜の検分をしたのちに渡すという約束だった。

柿見は三百両の金を懐に、天徳屋に口をきいて貰った千石船に乗り、大坂から江戸に向かった。

藩主の参勤が近づいていたからである。僅《わず》か三百両の金を待たなければ参勤も出来なくなった藩の事情は情けない限りだが、それが藩の実情だった。

柿見作十郎は、一刻も早く帰藩しなければならなかったのだ。

ところが、船は紀伊沖で大風雨に襲われて遭難してしまった。

漂流することひと月あまり、その間に、船乗りたちは訳のわからぬ病に倒れ、あっというまに次々と亡くなった。

見知らぬ島の岩礁に船ごとぶつかって打ち上げられた時には、生きていたのは水夫の竹蔵と柿見の二人だけだった。

「島には何も食料が無かったのだ。岩ばかりだった。その岩に自然に出来た洞穴には、人の住んだ気配があった。腐った鉄の鍋が転がっていたし、髑髏《どくろ》も転がっていた。私と竹蔵は、自分たちの末路を見ているようで震え上がった。だが私たちは諦《あきら》めなかった。その日から八年間、島に集う渡り鳥を捕獲して、それを食料として生き延びたのだ」

作十郎は過酷な暮らしを思い出したのか、見据える目の奥に暗い光を一瞬放った。新八郎も八重も、ひとことも口を挟めず固唾《かたず》を呑《の》んで聞いている。生々しい思いは伝わってくるのだが、一方では実感として理解しがたい世界に踏みこんだようなもどかしさがあった。

作十郎は話を続けた。

「私は、天徳屋から預かっていた金を、船の難破と同時に海中に失っていた。生きて帰ったところで命はないと覚悟していたが、妻や縁戚の者たちの行く末は案じていた。自分の命はとられてもいい。だが、妻や縁戚につながる者たちへのお咎めは避けねばならぬ。そのためには、自分が生きて帰り、ありのままを話すことだ。さすれば金を失ったことは、天災に遭ったせいだとわかってもらえるのではないかと考えたのだ」

だが、作十郎の願いは届かなかった。無情にも島の暮らしは八年にも及んだのである。

一日も早い帰国を望んでいたのは作十郎だけではない。

水夫の竹蔵も島で暮らすうちに六十近くになっていた。

竹蔵は、船に乗るのはこれが最後、これからは女房と小さな屋台でも出して暮らすつもりだったと柿見に話し、望郷の念にかられていた。

二人は、自力で国に帰るために船を造ろうとした事もあったのだが、集めた板切れも釘も不足していて、途中で船造りは放り出してしまっていた。

実際二人は、今自分たちがどこにいるのかさえ見当もつかなかったのである。

船が造れぬとなると、いよいよ自分たちもこの島で終わりかと覚悟を決めたそんな折、遭難船が島に流されてきた。

そして漁師が五人、次々と島に上がってきたのである。

五人は土佐沖から流されて来たのだと言った。

この五人と柿見たちは力を合わせ、沖の遭難船から使える物は運んできて伝馬船を作り、島を脱出したのである。

一行がまずたどり着いたのは八丈島だった。ここで一度下船して、島役人に事情を話し、ここからは島役人の采配《さいはい》で、囚人を江戸から運んできた交易船に乗せられて江戸の地に着いたのである。

「ところが、すぐに小伝馬町の牢屋に押し込められて厳しい詮議を受けたのだ」

「何故だ、漂流したことがお咎めになるのか」

「八年もの空白がある。その間に切支丹《キリシタン》とまじわりがなかったかどうか……」

「無人島じゃないか」

「そうなのだが、他にも密貿易に関与していなかったかとか、いろいろな……よくもまあ、そんな嫌疑を考えるものだと呆《あき》れるほどの取り調べを受けたのだ」

「すると、国にはなかなか帰れなかったのか」

「そうだ。藩邸からつかわされた藩士によって身元の確認をしたのちのこと、国に帰されたのは、江戸に上陸してからひと月後のことでござった。扱いは犯罪者のそれと同じだった」

作十郎は悔しそうな目を向けた。

「そうか、その扱いは、藩に帰ってもかわりはなかったのですな。だから人里離れた囲い屋敷に入れられた……」

「かわりないどころか、私は三百両もの大金をどこにやったのかと厳しく問われることになったのだ」

作十郎は苦い顔を八重に移した。八重は目を伏せた。作十郎と視線を交わしたくないのだ。

だが作十郎は、丁寧に話をつないでいく。

「囲い屋敷で私は梶川から拷問を受けた。そんな私を気遣ってくれたのが興津殿だった……」

自分はこのままここで責め殺されるかもしれない。せめてその前に妻に会いたい。本家筋にあたる叔父にも失態を詫《わ》びたいと考えた作十郎は、梶川に妻や縁戚につながる者たちの安否を聞いてみた。

すると梶川は、急に態度を変えて、自分の言う通りにすれば妻に会わせてやってもいいぞ、などと言いだしたのである。

「そうか……梶川が逃亡を助けたのだな」

新八郎が言った。柿見は頷くと、

「梶川は、裏木戸の閂《かんぬき》を外しておいてくれたのだ。私は見張りも手薄になった頃合いを見て脱出した」

「すると、興津殿は何も知らずに鹿ヶ原におぬしを追って入っていったというわけだな」

新八郎は鋭い視線で作十郎を見た。

「いや、私は鹿ヶ原などには逃げてはいなかった」

作十郎は即座に否定した。

「私は鹿ヶ原に向かう手前一町ほどの山の中に炭焼き小屋があるのだが、そこで身をひそめていた。梶川から小屋で一旦身を隠すように言われていたのだ。梶川の手の者が迎えに来るまで、そこで待てと……」

「なるほど……それで、興津殿を鹿ヶ原で斬ったのは、梶川だといわれるのか」

「そうだ、梶川彦六だ」

「あのかじかわさまが……」

八重は呆然《ぼうぜん》とした顔で作十郎を見た。

「八重殿……」

「大丈夫です。続けて下さい」

八重は突き刺すように言った。その怒りは梶川に向けられているようだった。

「私が興津殿の死を知ったのは、梶川の迎えの者に連れられて山を下り、城下の一軒家に連れていかれたのちの事でござった。梶川の口から聞いた。俺がやったと……」

梶川の話によれば、鹿ヶ原に入ってまもなく、勇之進が炭焼き小屋があることを思い出し、引き返して小屋を当たろうと言い出したというのである。

炭焼き小屋に行けば柿見は捕まる。そうなれば自分が手を貸したことがばれると思った梶川は、踵《きびす》を返して鹿ヶ原から引き返そうとした勇之進を、背後から斬ったのだ。

その話を梶川は作十郎に聞かせると、

「お前のために俺は興津まで斬ったのだ……言うまでもない事だが、そこまでした俺の言うことも聞いてもらわねばな……」

作十郎の耳元に囁くと、例の三百両の行方を吐けと迫ったのである。

梶川は作十郎が遭難にかこつけて三百両を秘匿《ひとく》していると信じて疑わなかったのだ。

柿見は、金は海中に落としたと何度も説明したが、梶川は信用しなかった。それどころか手下たちに、吐くまで痛めつけろと命令した。

柿見作十郎は、梶川の手下の手で縛り上げられ、幾日も拷問を受けたのである。

「青柳殿、その手下というのが、江戸から流れてきたやくざ者で博奕打《ばくちう》ちだったのだ。奴らは、金欲しさになんでもやる連中だった。だが、夜になると賭場《とば》に行く。私はその隙を狙って監禁十日目でそこを脱け出した。妻に会うためだった。だが……」

作十郎は、そこでまた言葉を詰まらせた。大きく息をしてから言葉をつないだ。闇に紛れて妻の待つ屋敷に戻ってみると、門は釘で打ちつけられて人の気配はなかったのだ。

作十郎は、家の下男だった友蔵を思い出して訪ね、そこで初めて友蔵からお家断絶を知らされたのだった。

作十郎は苦々しい笑いを口辺に浮かべると、

「私が遭難して三月後に、藩は私が大金をねこばばして出奔したとして、一族の統領である叔父に切腹を命じていたのだ。妻は自害、他の者たちは領内から追放され、縁戚一同、誰一人、大鶴藩にはいなかったのでござるよ」

作十郎もそれで国を出た。逃げるように国を出た。梶川に報復するすべはなかった。いや、梶川の手から逃れるのがやっとだった。

そうして友蔵と二人で、この江戸で暮らしてきたのだが、

――このまま梶川の悪を放ってはおけぬ。訴えるべきところに訴えたい……。

その一心で風の便りに聞いていた八重の居所を捜していたのだと言い、柿見は枕元に手を回して一冊の日誌を取り、八重の前に置いた。

「これは三年かかって書き上げた『漂流記』でござる。嘘偽りのない記録でござる。三百両が海中に沈んだことも書いてある。囲い屋敷を脱けた訳も、また興津殿の死の真相も書いてある。これを、私にかわって上屋敷のお重役に渡して頂けないものか」

じっと八重を見る。

「………………」

「私はこの体だ。雪隠《せっちん》まで歩くのがやっとだ。お重役のどなたなら確実に殿のお手元に届けていただけるのか調べることもかなわぬ」

「……」

「八重殿の他に寄る辺はないのだ」

「……」

八重は身じろぎもせず、毛羽だった畳を睨んでいる。

作十郎は痩せ細った体を乗り出し、更に、

「それに、友蔵の調べでは、梶川がこの江戸に滞在しているらしいと聞く。のこのこ出て行けば訴えるより先に命をとられるに違いない。いや、命はもはやどうなろうとよいのだが、このままだと私は己の汚名を晴らすことも出来ず、ただの逃亡者として死ななければならぬ。どうだろうか、八重殿、受けて貰えぬか……」

言い終えて、八重の顔をじっと見た。

八重はしばらく思案していた。だが、やがて八重は顔を上げ、呼吸を整えたのちきっぱりと言った。

「わかりました。やってみます」

四

「おい、一杯やってくか」

多聞は、両国広小路で足を止めた。

煮売茶屋『つぼや』の掛行灯に、赤い前垂れをした店の女が灯をともしたのを見たからである。

つぼやは大川で捕れる魚や近隣の新鮮な野菜を調理して出す、安くてうまいという評判の店だった。

いつもは八重がいる吉野屋に立ち寄ることが多いから、二人が吉野屋からさほど離れていない両国広小路の屋台や飲み屋に入ることは少なかった。

だがここ二日ほど八重は店にはいなかった。

それもあって、二人は仕事を終えると、まっすぐここまで帰ってきたのだが、日はまだ彼方《かなた》に薄明かりを残している。

まっすぐ帰るのは、なんとなく惜しい気持ちがあったのだ。

「いいのか、お内儀が待っているんじゃないのか」

新八郎は言った。

するると多聞は、

「まさか……敵は俺が手間賃をせっせと運べば、それで満足なのだ。むさ苦しい俺の顔など見飽きておるわ」

多聞はそんな強がりを言い、新八郎が苦笑すると、さらにむきになって、

「おぬし、俺の言うことを信用していないな。間延びした夫婦の仲はそんなもんだ。女房は何をおいてもガキどもが第一でな、俺が早く帰ったところで居場所はないのだ」

ついには愚痴めいたことを言い、わっはっはっと大口を開けて笑った。

だが、その笑いの裏には侘びしさがちらりと覗《のぞ》いている。

「喧嘩《けんか》でもしたのか」

「別にそういう訳ではないが、新八郎、女は子を産むと強くなるな。他所《よそ》にむかっては貞淑な妻を演じているが、内の中ではいつの間にか亭主にとってかわって采配をふるっているのだ。それも、いつのまにかだ。気がついた時には手遅れだ」

「いいじゃないか、せめて家の中だけでもそうでなくては、貧しい暮らしに立ち向かえぬ」

新八郎はくすりと笑った。この多聞が妻の機嫌をそこねぬように小さくなっている姿が目に浮かんだのだ。

「笑い事じゃないぞ」

「多聞、おぬしは、妻がいて子がいる幸せがわかってないな。俺からみれば羨《うらや》ましいかぎりだぞ。それぐらいの事は辛抱しろ」

新八郎はふと、子を不慮の事故で失い、妻が失踪した自分の身の上と比べて言った。

「まあな、お前から見ればそうかもしれんが……」

多聞はぼやきながら、つぼやの戸を開け中に入り、

「金があるときには道草ぐらいしないとな」

さっさと壁際の椅子に腰掛けた。

店の中はもうかなりの客で埋まっていた。

つぼやの客は、町民職人の男たちよりも、両国の芝居や見せ物を見物に来た女連

れの客や、武士の姿も結構ある。

「白魚がもう捕れてるんじゃないのか？　あればそれと、田楽……おい、おぬしもそれでいいな」

多聞は店の女に早口で頼むと、その女が盆の上に載せていた銚子をひょいと取り上げた。

「あっ、それは向こうのお客様の……困ります」

女は小さい声だが、多聞をきっと見て窘《たしな》めた。

「すまぬすまぬ、許せ」

言いながら、もうすでに目の前にある竹籠《たけかご》から盃を取り上げて酒を注いでいる。

女はぷいと膨れて帳場に引き返した。

「多聞、かわいそうじゃないか」

「いいじゃないか、酒代は払うんだ」

ぐいと飲み干し、新八郎の盃にも注ぎながら、

「いやなに、新八郎、さっき言っていた話をもう少し聞きたいのだ。八重殿に会いたいと言ってきた柿見という御仁のことだ」

多聞は顔を寄せてきて言った。

流石《さすが》の多聞も大声でしゃべる話ではないとわかっているらしく、内緒話をするように声を潜めている。

「うむ。いずれ話そうと思っていたのだ。おぬし、いざという時には助勢してくれるんだな」

「当たり前だ。だから聞いている。だいたいな、俺を外して……」

と言いかけた多聞の目が、戸口に注がれて止まった。

「おい、仙蔵ではないか。どうしたのだ、その腕は……」

腕を包帯で巻き、肩からぶらさげた仙蔵が店に入ってきたのである。

「これは旦那もいらしたんですか、面目ねえ」

仙蔵は腕に視線を流すと苦笑し、二人の側に来て座ると、

「例の、待ち伏せ強盗にやられちまいやして、へい、とんだドジ踏んじまいやした」

竹籠から盃を取ると、銚子を引き寄せ酒を注いだ。

「おい、いいのか、飲んでも……」

「なあに、一杯だけ、気合いの入れ直しでございやすよ」

仙蔵はぐいと酒を飲み干したが、

「まったくお前は……」

多聞はその盃を取り上げると、

「止めておけ、それだからドジを踏むんだ」

「旦那、あっしだって踏みたくて踏んだドジではござんせんよ。実はですね旦那……」

仙蔵は身を乗り出すようにして、事の顚末《てんまつ》をしゃべった。

それによると北町奉行所では、強盗三人のうち、二人のやくざ風の男についてはおよその見当をつけた。

二人とも数年前から江戸所払いを受けた兄弟で、兄はあばた面で為三《ためぞう》と言い、弟の方は美代治《みよじ》と言い、いずれも深川の鱒吉《ますきち》という親分の賭場で大暴れして、客の一人に大怪我《おおけが》を負わせたやくざ者だということだった。

その為三と美代治が、深川の賭場に近頃たびたび姿を見せているという一報が奉行所に入ってきた。

そこで北町奉行所見習い同心長谷啓之進は、同じ見習い仲間に先んじて手柄をたてたいと、仙蔵に兄弟の探索を命じたというのである。

仙蔵は深川の賭場をしらみつぶしに当たった。

そして、為三と思われる男が門前仲町の裏通りにある賭場にいることを突き止めた。

為三は、足の短いでっぷりとした男で、生まれついての悪相とともに目立っていたのだ。

ところが仙蔵は、その晩為三を尾《つ》けたものの見失ってしまった。

がっかりしていたところ、啓之進の用事で芝増上寺の近くにある米屋に出向いた折、帰りにばったり汐留橋で為三にあったのだ。

「でね、向こうはあっしの事はしらねえ。そこで擦れ違うとすぐに踵を返して、野郎のあとを尾けたんでございやすよ」

「ふむ。で、行き先をつきとめたのか」

新八郎が尋ねると、仙蔵が答えるより先に多聞が言った。

「ドジを踏んだんだな。そいつに気づかれて」

「へい、まあ、そんなところで……」

仙蔵は為三の後を尾けて増上寺に入ったが、大門を入り、多くの支院宿坊が並ぶ参道を抜け、二階建ての朱塗りの楼門をくぐり、右手に曲がって梵鐘《ぼんしょう》近くの杉の林に向かったが、情勢がかわったのはこの時だった。

突然為三がくるりと後ろを向くと、仙蔵を見てにやりと冷笑を浮かべたと思ったら、懐から匕首《あいくち》を引き抜いて、仙蔵めがけて突進してきたのである。

仙蔵は右に飛んで躱《かわ》したが、躱しきれずに為三の一撃を受け、腰から後ろにどんと落ちた。

仙蔵が起き上がった時には、為三はもう楼門を駆け出て行くところだった。後を追おうとしたが、仙蔵はその時になって腕を刺されて血がしたたり落ちているのに気がついた。

「なんだ、それじゃあ何の手がかりも得られなかった訳か」

多聞が苦笑した。

「旦那……」

仙蔵は多聞に不満の声を上げげた。だがすぐに真顔になって、

「ひとつ気がかりなことがございやす」

岡っ引らしいきらりとした視線を、新八郎に向けた。

「今にして思えば、あいつは、日陰丁通りにある大名屋敷の裏門から中に入ろうとしていたんです。ですが突然それを止めて増上寺に向かいやして……」

「おおかたお前に気づいて、まいてやるつもりだったんじゃないのか」

多聞がまた小馬鹿にして言った。だが新八郎がそれを制して小首をかしげた。

「待てよ、そのあたりに、大鶴藩の上屋敷がある筈だが……」

「そういえば、旦那……野郎に橋の上で会う前に、その屋敷の表の方で八重さんを見たんですよ」

「何、すると、為三が入ろうとした屋敷は大鶴藩の屋敷だったのだな」

「………」

「仙蔵、八重殿は何をしていたのだ」

多聞は言い、銚子を高く上げておかわりを帳場に告げた。

「ほら、吉野屋に来ていたお侍がおりやしたでしょう……田島様といいましたっけ……八重さんはあのお侍となにやら立ち話をしていたようで、あっしが見ているうちに、どこかへ連れだって出かけやしてね……」

仙蔵の顔には不安な表情が浮かんでいる。

——田島由之助。

あの男なら信用できる。だが、梶川がこの江戸に滞在していることを考えると、

——八重殿が無防備に藩邸に出入りするのも危ないな……。

八重の身を案じながら、新八郎は二人と別れて長屋に戻ったが、果たして八重の家に灯の色はなかった。

「ふむ……」

新八郎は一抹の不安を覚えながら我が家に入った。

待つ人のいない家の中はひんやりとしている。

急いで行灯をともし、火鉢の灰から炭を掻《か》き出し、火を熾して鉄瓶を五徳にかけた。

——おや。

台所の隅に買った覚えのない菜が見えた。

近づいてみると、菜の側には布巾《ふきん》をかけた鉢が置いてある。

その布巾を取ると、里芋のにっころがしが入っていたが、鉢の下に紙片が見えた。

取り上げると、紙片には女文字で走り書きがしてある。

――お待ちしておりましたが出直して参ります、急ぎお話ししたいことがあります――。

行を変えて、おまちとあった。

「おまちか……」

走り書きは、失踪した妻志野《しの》の実家、狭山作左衛門《さやまさくざえもん》の家で女中をしていたおまちだった。

おまちは今、根岸にある大伝馬町の呉服屋『伏見屋』の別荘の留守を預かっていて、志野の行方を案じてくれている一人であった。

そのおまちが、わざわざここに訪ねてきたとなれば、志野のことをおいて他にはあるまい。

――何かつかんだのかもしれぬな。

新八郎は、もう一度、おまちの文字を追った。

「おまち、俺だ、新八郎だ」

新八郎が別荘の裏にまわって柴垣から庭を覗くと、おまちは焚《た》き火にくべる枯れ草を両手で抱きかかえたところだった。

「まあ新八郎様、わざわざお出かけ下さいまして……」

おまちはまん丸い目をして頭を下げると、手の物を火の中に放り投げ、胸や前垂れについているほこりを払いながら、小走りして近づいて来て、

「今日もう一度お訪ねしてみようかと考えていたところでございました」

柴垣の戸の閂を引き抜いて、新八郎を庭の中に入れた。

枯れ草の焼ける音と香ばしい匂いが、新八郎の鼻をくすぐり郷愁を誘う。

「俺も近々訪ねて来ようかと思っていたところだ」

「すみません。今お茶をお持ちしますから、縁側にでもおかけ下さいませ」

「いや、ここでいい。お茶もいらぬ。話を聞きたい」

新八郎は、焚き火の側にある丸太の椅子に腰をかけた。

「はい」

おまちは神妙な顔で頷くと、

「実は一昨日のことです。お武家様が志野様を訪ねて参りましてね」

自身も側にある石に腰かけた。

「お武家が……以前にお前は、おせきという女と、菅笠を被《かぶ》った薄気味悪い着流しの武家がここに志野を訪ねてきたとか言っていたが、その者たちか……」

「いいえ、今度の方は、とてもまっとうなお方とお見受けいたしました。以前にここに来られた方とは、全く違います」

「ふうむ……で、その者は何と申したのだ？」

「志野様はこちらにお帰りかと……」

「志野がこちらに？」

「ええ、かれこれ四年前になるが、わかれたまま連絡がとれなくなった。ようやくこの根岸に、志野様の父上狭山作左衛門殿の屋敷に奉公していた人がいると知って、もしや志野殿がこちらにおいでになるやも知れぬと、そう思ってやって来たのだと……」

「おまち、確かにその者は、四年前に志野と別れたと、そう申したのだな」

「はい」

「名は、なんと申したのだ」

「それが、お尋ねしましたが、おっしゃいませんでした」

「何……」

「名を名乗れば、この私に迷惑をかけるかもしれないなどとおっしゃって」

「ふむ」

「そなたは知らない方が良いのだと……」

「で、年は幾つぐらいだった？」

「三十半ばかと存じました」

「彫りの深い、美男顔の男か？」

「あら、ご存じですか」

「いや、そんな気がしたのだ」

言いながら新八郎の頭には、大槻壮介《おおつきそうすけ》という名が浮かんでいた。

「他には何と？」

新八郎はさらに聞く。

「そうですね。外出もままならない身だとかおっしゃって……その間にも時々警戒した目をその垣根の向こうやあちらの野道の方に走らせていらっしゃいました」

おまちは、手につかんでいた長い棒で、遠くに見える農道の方を指した。

「そうか……」

おまちの話から窺えるのは、世間の視線を極力避けて暮らす武家の姿だった。

――大槻壮介に違いないな。

新八郎は直感した。

大槻壮介というのは、本石町の長崎屋《ながさきや》源右衛門《げんえもん》の話によれば、お尋ね者となった蘭学者野田玄哲《のだげんてつ》の一番の弟子。そしてその男こそ四年前、商人体に姿を変え、志野を家から誘い出した人物だと新八郎は推測している。

これまでの調べで志野は、国の稲垣村後方の山腹で野田玄哲を介護していたらしいが、四年前に御公儀の手がその隠れ家に入り、玄哲は捕まって非業の死を遂げ、壮介らしき人物と志野らしき女は司直の手を逃れて姿を消している。

――しかし……。

その後、なんらかの事情があって二人が別れ別れになっていたとしたら、志野を案じて壮介が捜すのは納得できる。

とはいえ、どんな事情があったにしろ、亭主の自分になんの断りもなしに女房を連れ去るとは言語道断、決して許されるものではない。

「おまち、ひとつ聞きたいことがあるのだが……」

焚き火の炎を見詰めながら思考を重ねていた新八郎は、長い棒で火の加減を見ているおまちの手元から顔を上げた。

「お前は野田玄哲という名を聞いたことはないか」

「野田玄哲様……」

おまちは一瞬ぎくりとした。だがしばらく迷っているような顔をしたのち、

「野田様とおっしゃるのは、学者様でしょうか」

逆に尋ねてきた。

「そうだ。蘭学者だ」

「…………」

「聞いたことがあるんだね」

問い詰めるように尋ねると、

「野田様かどうか、蘭学者という言葉なら昔聞いたことがあります」

迷いをとっぱらって、ひとつ心を決めたように、はっきりと言った。

「志野の生い立ちに関わることだね」

「ええ、その事で実は、誰にもお話ししてはいけないと亡き旦那様には口止めされていたことがあるのですが」

「話してくれるね、おまち」

「はい。このこと、知っているのは亡き旦那様と奥様、そして私の三人だけでございました。でもお二人はすでに鬼籍の人、ですから私が誰にも話さなければ、志野様自身も知りようのない話でございます。志野様が行方知れずになったと聞きました時、ふと昔のことが頭に浮かんだのですが、新八郎様にお話しして、もしやお二人の仲にさし障りがあってはと」

「さし障りなど無用のことだ。そんな事なら家督を弟に譲って浪人などになってはおらぬ」

「はい、ですが」

「安心しろ。何を聞いても俺と志野の間に変わりがあるものか」

新八郎には、事実驚きはなかった。

どこかでいつか、志野について新八郎の知らぬ過去を聞くような気がしていたのだ。

そうでなければごく人並の貞淑な妻が、夫に内緒で家を空けたばかりか姿をくらますなどと考えられないからだ。

第一、それまでの暮らしで何のつながりもなかった野田玄哲なる学者の看病をするために志野は家を出ているのだ。

その野田の消息を追って本石町の長崎屋を訪ねた時、主の源右衛門はこう言っていた。

「もう随分昔の話ですが、玄哲先生には、ただ一人妻にしたいと思う方がございまして、子まで生《な》したのですが……しかし、そのお方はまもなく亡くなられたのです。ところが玄哲先生は子を育てる境遇にはない。そこで、世話をする人がいてその子は養子にやったと聞きましたが……」

長崎屋はそう言った後で、その子の名は美野《みの》といったが、あなた様のご内儀が志野様で、玄哲先生の介護をなさっていたということは、この話、無関係ではないような気がします、そう言ったのである。

——美野が志野かもしれない。

その思いは、あれからずっと新八郎の胸にあったのだ。

とはいえ新八郎は、息苦しい思いでおまちの言葉を待った。

「あれは、私が狭山家に奉公して一年ほど経った頃でございました。お二人にはお子様がお出来にならず、寂しい思いをなさっておいででしたが、ある日のこと、お二人でどこかにお出かけになり、帰って参りました時には、可愛い幼子を抱いていたのでございます」

「………」

「その時、旦那様と奥様は私にこう申しました。この子は立派な蘭学者のお子ですが、今日から私たち夫婦の子となりました。ただ事情があって蘭学者のお子だと世間にも、この子にも、知られてはならないのです。だからお前もそのつもりで、いいですねと、そうおっしゃったのでございます」

「ふむ。そういえば志野は、自分は、さる御家人の家から狭山家に貰われてきたのだと言っておったが」

「ええ、旦那様はそのように志野様にはお話しなさいましてね、蘭学者のらの字も、口にはお出しになりませんでした。ただ志野様は一度だけ、私にその話が本当なのかどうかお尋ねになった事がありましたが、私も旦那様や奥様と口裏を合わせて嘘をつきました。志野様はさる御家人の方のお子に間違いございませんと……」

「志野は出生の話に疑問を持っていたのだな」

「ええ、だって志野様は手習いに参りましても群を抜いてお勉強が良くできまして、さすが学者のお子だと、誰かが言ったとか言わないとか……それで志野様は私に聞かれたのだと存じます」

「ふむ」

「志野様はこんな事もおっしゃっておりましたね。決して会いに行きたいという訳ではありませんが、なぜ実の親の名を教えてくれないのでしょうか、ひょっとして私は捨て子だったのではありませんかと」

「………」

「私はすぐにこう申しました。ご両親の名を旦那様が明かさないのは、それだけ志野様を我が子だと思うお気持ちがお強いのでございます。話したことで志野様が遠くに行ってしまうような、そんなお気持ちなのではないでしょうかと……志野様は

黙ってお聞きになって、それ以後今日までこの話を誰とも交わしたことはありませ
ん」

「そうか、それで納得がいった。よく話してくれたな、おまち」

「あの、志野様を捜すお役に立つでしょうか」

「立つとも、大いにな。ありがとう」

新八郎は、これまで知った志野の失踪の裏に、野田玄哲という蘭学者の存在が見え隠れしていたのだと話し、腰を上げた。

「でもおかしいですね、蘭学者の話は、志野様はご存じない筈なのですが……」

おまちは小首を傾げながら新八郎を垣根まで送ってきた。

「また何かあったら知らせてくれ」

新八郎が外に出て振り返ると、おまちは、はっと思い出した顔をして、

「そうそう、先ほどお話ししました、ここに訪ねてきたお武家様ですが、志野様のことで何かわかったら、五日後に円光寺に訪ねる人があって参るので、和尚《おしょう》に知らせておいてくれれば、またこちらに参る、そうおっしゃって帰られました」

「何、五日後に円光寺とな」

「はい、この道を出て右に曲がって一町ほど行ったところにあるお寺です。お聞きになった事はありませんか、藤の花で有名な……」

「わかった。円光寺だな」

新八郎はもう一度聞き返すと、別荘の庭を後にした。

五

――ここか……。

新八郎は、松の大木を眺めながら、別名藤寺と呼ばれている円光寺の庭に入った。鄙《ひな》びた場所にある寺らしく、この庭に入る戸も柴垣なれば、寺の屋根も藁葺《ぶ》きである。

「ちと尋ねたいことがあって参ったのだが、和尚はいるかな」

新八郎の姿を見て、箒《ほうき》を持って駆け寄ってきた小僧に聞いた。

「和尚様はお出かけです」

小僧は、目をくりくりさせて答えた。無垢《むく》な目の色をしている。

「そうか、では庭で待たせてもらってもいいかな」

「どうぞ」

小僧は行儀よく小さく頭を下げた。そして先に立って歩きながら、

「春なら藤が、秋には萩が見事ですが、今はご覧の通りの寂しさです。でも、その風情が良くて俳句など詠《よ》みに見えられる方もございます」

大人のような口をききながら庭に案内してくれた。

「それでは、ここでお待ち下さいませ」

「ふむ……」

小僧が足早に庭から出ていくと、新八郎は枯れ色の景色を見渡した。

噂に違わず趣のある庭だと思った。

花は無くても、広い庭には大きな池が水をたたえ、その池には夫婦鴨《めおとがも》だろう、すいすいと泳いでいる。

名物の藤棚は、この池のほとりに棚がしつらえてあり、今は葉もない茎が八方に枝を伸ばしているだけだが、想像するに花の房は四尺もあるというから、見事な物には違いあるまい。

この寺の入り口には、臨済宗妙心寺派《みょうしんじ》、山号は宝鏡山《ほうきょうざん》、創建は元禄十二年とあったが、なるほど、枯山水もまた良いものだと、池の周りを一回りして帰って来ると、

「これはお待たせした。田舎の坊主も師走は忙しくてな」

本堂の縁側から、初老の痩せた和尚が声をかけてきた。

だがすぐに和尚は、新八郎の顔に馴染《なじ》みが無いと悟ったらしく、

「はて、どなたじゃな。お目にかかったことがございましたかな」

不審な顔で聞いてきた。

「いや、初めてお目にかかる。だが怪しい者ではござらん。俺は青柳新八郎と申す者だが、和尚に尋ねたいことがあって参った」

「青柳様……何を聞きたいと?」

「大槻壮介殿がこちらに参ると聞いてやって来たのだが……」

じっと和尚の目を捉える。

大槻という名をいきなり伝えて、有無を言わさず聞き出そうとしたのだが、

「大槻様……はて、聞いたこともないお名だが……」

和尚は一瞬目をそらし、惚《とぼ》けて言った。

「そうかな、三日後にこちらに参る筈だが、はて……俺の聞き違いだったかな」

「大槻様などというお方には、お目にかかったこともございません。他の寺に当たられるほうがよろしかろう」

和尚はそう言うと、素《そ》っ気《け》なく踵を返し、

「珍念《ちんねん》、珍念……」

小僧を呼びながら忙しそうに奥に消えた。

——和尚め……。

食えぬ坊主だと、新八郎は苦笑いして寺を出た。

しかしかえって、大槻がこの寺に来るのだと新八郎は確信した。

その用事が、小僧が漏らしたように俳句の会か何かはわからぬが、三日後にこの寺に大槻が来るのは間違いない、と新八郎は思った。

三日後にここに来れば大槻に会える。会えれば志野のことがわかる筈だ。

新八郎は三日後にまたこの寺に来ると決め、俄に志野探索に光が見えたような、そんな思いにかられて長屋に帰って来た。

だが、木戸を入って八重の家の前で、おろおろしている吉野屋の女将、お稲《いね》の姿を見た時、胸には大きな不安が広がっていた。

「いかがした」

近づいて女将に尋ねると、

「良いところにお帰りくださいました。八重さんがいなくなったのですよ」

思いがけないことを言った。

「何、いつのことだ」

「昨日夕刻からお店には来てくれるという約束だったんですがね、今日になっても音沙汰《おとさた》がございませんから来てみたんですよ」

「そうか……俺も気がつかなかったが」

新八郎は、昨夜帰宅した折に八重の家に灯のないことを見ていたが、今朝は今朝で、おまちに会いに行こうと気がせいていて、急いで家を出ているから、八重の顔は見ていない。

「こんなこと初めてなんですよ、近ごろは何か込み入った話で、あちこち出かけていたようですが、旦那、心当たりはございませんか」

「まさかとは思うが……」

「あるんですか」

「いや、まさかだ。中を改めたか」

新八郎は、家の戸をちらと見た。

「ええ、でも……一人では中に入りにくくて、旦那も立ち会って下さいな」

お稲はそう言うと、八重の家の戸を開けて中に入った。

新八郎も、続いて入った。

土間に立つとひんやりとした空気が漂い、主の留守を知らされた。かすかに化粧の香りが漂っているのが、八重が暮らしていた事を告げ、いっそう不安を掻き立てた。

見渡すと部屋はきちんと片づけられていた。

誰かに無理矢理連れ去られた気配はなかった。

「八重さん、何処に行くったって、行くとこなんて無い筈なんですがね」

お稲は、顔を曇らせた。

――ひょっとして八重は、仙蔵が八重を見たと言っていたあの日から、ここには帰ってないのではないか……。

仙蔵が八重を見たのは、一昨日だった筈――。

「女将、女将は店に戻っていてくれ。俺が捜してくる」

新八郎は言い、踵を返した。

その脳裏には、ふっと居なくなった妻の志野と八重の姿が重なって見えている。

――自分がついていればよかった。

柿見作十郎の懇願を受けて、八重が大鶴藩邸と連絡をとる役目を引き受けた時、新八郎は用心のために自分も同道すると申し出た。だが八重は、

「一人で出来ることはわたくしが調べます。いざという時にはお願いします」

そう言って新八郎の申し出を遠慮したのだ。八重の気兼ねだと思った。また一方で武家の妻だった八重の思いがけない気丈さを知らされたようで八重の言うままに引きさがった新八郎だったのだ。だが、藩の内情を調べるなどと、女の身には危険過ぎたのだ。

新八郎は、後悔の念に襲われていた。

「青柳殿、お待たせした」

田島由之助が、息せき切って新八郎の待つそば屋の二階に現れたのは、暮れ六ツの鐘を聞いてまもなくの事だった。

それより半刻ほど前に、新八郎は大鶴藩の上屋敷を訪ね、田島由之助に面会を求めている。

だがその時、由之助は手が離せぬところだと使いの者に返事をさせ、新町の汐留橋袂にあるそば屋『一番』の二階で待つように言ったのである。

新八郎は、その半刻を一人酒を飲みながら待った。

気分は酒どころではなかったが、そうでもしなければ、由之助を待つ間も八重の行方が案じられて、とてもじっくり座ってはいられなかったのだ。

由之助は座るとすぐに小女に酒を頼んだが、運ばれてきたその酒には手をつけずに、

「八重殿に何かあったのですか」

顔を強《こわ》ばらせて聞いてきた。

「行方知れずになった」

「まさか……」

「おぬしに会いに来たらしいな」

「来ました。しかし、あれは一昨日……」

「そうだ、それから帰っていないのだ」

「それはまた……青柳殿、いったい何があったのですか。八重殿はあの日、わざわざ私を訪ねてきて、是非にも殿にお目を通していただきたい物があるのだが、どなたにお願いすれば、確実に殿のお手元に届くのかと聞いてきたのだ」

「ふむ」

「それで立ち話もなんだと思って、その時も八重殿とここに来たのだ。そして、いざという時には、私が赤羽様に取り次いでもいいと伝えたのだが」

「赤羽様とは、たしか」

「物頭の赤羽七左衛門様でござるよ」

「そうか、興津殿に柿見作十郎追っ手の命を下したお人だったたな」

「はい。赤羽様は勇之進を追っ手に選んだことを悔いておられて、友人である私にひそかに、八重殿の暮らしを聞いて案じておられた」

「江戸に参っているのか」

「はい。ご用人《ようにん》となって、殿の近くにおいでになります」

「それは好都合、実はな田島殿……」

新八郎は、柿見作十郎の話をして聞かせた。

「そうか、柿見殿はこの江戸にいたのか。しかし八重殿は何故私にそのことを言わなかったのか」

「おぬしに迷惑をかけてはならぬと、そう考えたのではあるまいか」

「確かに……柿見作十郎殿は藩では罪人扱い、関わり合いになったというだけで、どんなとばっちりを受けるかわかりませんからね。しかし、柿見殿の話が本当なら、罰せられるは梶川彦六」

「その通りだ」

「おかしいと思っていたのだ」

由之助は、拳をつくって膝を打った。

「おかしい？」

「青柳殿、私が赤羽様から聞いた話では、梶川殿は自分から追っ手を申し出たというのだ。勇之進が後ろから斬りつけられて亡くなったと聞いた時、私は梶川殿の言い分に不審を抱いていた。しかしどういう詮議をしたものか、勇之進一人が追っ手の不首尾の罪を問われて梶川殿はお咎め無しだったのだ」

「余程の奸物《かんぶつ》と見えるな」

「別名赤あざの彦六という」

「ほう……しかしその梶川もこの江戸にいると聞いているが……」

「下屋敷にいる」

「見ればわかるな」

「頬にあざ、それが印だ」

と言った由之助が、突然顔を強ばらせて言った。

「青柳殿、ひょっとして八重殿は梶川殿と……」

「うむ。俺もそれを案じているのだが……」

「八重殿に何かあっては勇之進に申し訳が立たぬ。青柳殿、私も八重殿捜し、手伝いますぞ」

由之助は、きっと見た。

六

「すまぬ、酒をくれ、湯飲み茶碗でくれ、一杯でいいぞ」

新八郎は、法恩寺橋《ほうおんじ》の袂にある煮売り屋に入ると、注文を聞きに来た親爺《おやじ》に言った。

その酒をあらかた飲んだ時だった。

待ち合わせをしていた仙蔵が、狆《ちん》のような顔をした遊び人風の男の背を押すようにして店に入って来た。

「おい、おめえ、まさか俺を忘れた訳じゃあねえだろうな」

仙蔵は、男を新八郎の真向かいに、力まかせに肩を押して座らせると、自身の胸元に手を差し入れて、くいっと引っ張り出してその頭を見せた。

鉄の十手だった。黒々とした固そうな十手が、これ見よがしに覗いている。

十手は仙蔵が勝手に鍛冶屋《かじや》に頼んでつくって貰った鉄製だった。

なにしろ北町の長谷啓之進はまだ見習いで、手下に手札をわたせるような身分ではない。かと言っていつまでも手作りの木の十手では、振り回したって誰も恐れ入ることはないのだ。

だから仙蔵は、使う場所と時を間違えねば構うまい、そう考えて長谷啓之進には内緒で作った。

果たして男は、仙蔵の胸元から顔を出している十手をちらりと見てぎくりとしたようだが、

「知らねえや」

空元《から》気を出して言った。

「知らねえ?……これは驚いた。亀吉《かめきち》さんよ、食うや食わずで長屋も追い出されたおめえに、仕事を世話してやったのを忘れたのか」

「おいらに仕事を……親分さんがおいらに?」

男は急に真顔になって目ん玉をくるくるさせて仙蔵を見返した。

ただ、男は真顔になろうと、ふてくされようと、笑おうと、狆は狆で、よく見ていないと顔色が変わったことさえわからない。

「どこを見てるんだよ。俺だよ、仙蔵だ」

仙蔵が叫ぶと、男ははっとして、

「これは仙蔵兄ィ。いやね、よく似た親分もいるもんだと……商売替えをしたんですか」

「余計な口をきくんじゃねえ」

「すいません。旦那には巾着切りの仕事を、へい」

「馬鹿野郎、そうじゃないだろ。もぐさ売りだったか、いや違う、はみがき売りか……世話したの」

「いえ、唐辛子売りでしたが、あっしはあの格好恥ずかしくて止めました」

「余計なことを言うんじゃねえ。世話してやったのは確かじゃないか。それだけじゃねえぞ。蕎麦《そば》一杯おごったな、いやまだあるぞ、おめえに二百文貸してやったが、そのままだったな」

「へい、どうもすみません兄貴」

「よし、これで話は通じるな。他でもねえ。俺の調べでおめえは、深川の鱒吉親分の賭場に出入りして、為三と美代治にかわいがってもらっていたらしいな」

「いえ、ほんのいっとき、手慰みを教えて貰っていただけで……」

「まあ、その事はいいだろう。俺がおめえをここに連れてきたのは他でもねえ。おめえ、近頃、ちょくちょく、そこの大鶴藩下屋敷にいる梶川ってお武家のお伴をしているっていうじゃねえか」

「…………」

「もう四日になるかな、おめえ、梶川の旦那のお伴をして、上屋敷の方に行かなかったか？」

「…………」

「黙っていたってわかっているんだ。いいか、その時に八重さんという人に会わなかったか？」

「仙蔵兄ぃ……」

亀吉の顔色が変わった。

「そうか、会ったんだな。いいか、これから、その時のことを、こちらの旦那に包み隠さず話すんだ」

「こちらの……」

亀吉は、まさか目の前に座っている新八郎が仙蔵の仲間だったとは知らず、ぎょっとした顔で新八郎を見た。

「なあに、正直に話してくれれば、このまま帰してやる。さもなければ、わかっているだろうな」

「へ、へい」

亀吉は、仙蔵の脅しに震え上がった。

「だ、旦那、あのお人が梶川様です」

亀吉が大鶴藩下屋敷の塀沿いの道を歩いてきた男を、梶川彦六だと告げたのは七ツ過ぎ、日の名残《なごり》が、横川沿いに、家々の屋根の影を落としはじめた頃だった。

梶川は川風を受け、襟巻きを右手で押さえて、首をすくめて法恩寺橋を渡って行く。

橋の袂を通る時、ちらとこちらに視線を走らせた目は鋭く、その頰には赤いあざがあった。

――田島由之助の言ってた通りの人相だな。

間違いなく梶川だと新八郎は確かめると、

「よし、亀吉、お前はこれで放免だ。行け」

亀吉に言い置いて仙蔵と二人で外に出た。

黙々と前を行く梶川を追いながら、半刻ほど前に、仙蔵に持たせて梶川に届けた手紙をちらと思い浮かべた。


八重殿を解き放せ。さもなければ興津勇之進殺しを告発するぞ。


書き手の名は記してなかったが、梶川を動かすには十分だったようだ。

ただ、梶川が八重を監禁していればの話だが、亀吉の話からまずそれは間違いないと新八郎は考えた。

あの日、亀吉の話によれば、藩邸近くの蕎麦屋の前で八重の姿を見た梶川は、にたにたして八重に近づき、

「久しぶりだな八重殿」

と言ったらしい。

ところが八重がきっとして身構えたのに色をなして、

「何の用事があって、こんなところに参ったのだ」

咎めるような口調に早変りして八重を見据えたらしい。

八重は、突き刺すような目で梶川を見詰めたのち、踵を返した。

だがその腕を梶川はぐいとつかんだ。

「待て！」

「何をなさいます。お放し下さい。人を呼びますよ」

「だから、何しに藩邸に参ったのかと聞いておる」

すると八重は、静かにしかも腹の底から絞り出すような声で言った。

「夫の死の真相を調べております」

「何、そなたの亭主が死んだのは柿見作十郎の仕業《しわざ》であることは周知のこと、何を調べるというのだ」

「…………」

八重は梶川の顔をひたと見返した。長い間があった。

すると梶川は、根負けしたようにつぶやいた。

「もしやそなた、柿見と会ったのか」

「……」

「そうか、会ったのだな。柿見はどこにいる」

「……」

「言えぬというのなら……来い！」

梶川は八重の腕をつかむと、茫然として見ていた亀吉に町駕籠《まちかご》を呼び止めさせて、八重を押し込み、

「お前は帰れ。但し、このこと誰にもしゃべるんじゃない。いいな」

鋭い目で念を押し、亀吉を置いて駕籠とともに去って行ったというのであった。

「旦那……」

前を見据えて歩いていた仙蔵が立ち止まった。

「うむ……」

梶川は入江町の路地を入った。

ここは御府内では有名な岡場所で、いくつもの路地に女郎宿がひしめき合って建っている。

梶川は赤い灯を点し始めた路地をずんずん奥に入って、さらに小さな路地を抜け、

古い家の前に立った。

この一角だけ人の住んでる気配はない。持ち主がいるのかいないのか、家の前には枯れた雑草が地表にしがみつくようにへばりついている。

梶川はいったん後ろを振り返り、あたりをはばかるような目で見渡すと、

「おい、開けろ」

戸を叩いた。

かすかな物音が家の中から聞こえたと思ったら、心張り棒を外す音がして、戸が開いた。

「おとなしくしているか」

「へい」

と答えた男の顔を見て仙蔵が驚いた。

「為三じゃねえか……」

「為三……例の掛け取りを襲っている一味の一人か」

「へい、あっしが一度尾行して見失った野郎ですよ」

「そうか、奴らと梶川はつるんでいたのか」

「しかし旦那、そういう事なら、他にも為三の弟美代治、それに浪人も一人仲間にいる筈ですぜ」

仙蔵は、ぶるっと震えた。

「怖《お》じ気《け》づくことはないぞ。俺がいる」

二人の後ろで声がした。

「多聞……おぬし、どうしたのだ」

「女将から聞いてな、ずっとお前たち二人の後を尾けて来たのだ。ワッハ」

「しっ」

仙蔵に制されて多聞は口を噤んだ。

三人は見合わすと、足音を殺して古家の壁に張りついた。

その時だった。

戸口の戸が乱暴に開いたと思ったら、八重が背中を突き押されて外に出てきた。

八重は後ろ手に縛られている。

白い顔に乱れ髪が垂れ下がり、監禁されていた疲労が目に見えるようだが、固く結んだ口元と、きりりとした目の色は、八重が気丈に振る舞ってきたのを物語る。

八重の後ろから為三と美代治が、そして梶川が浪人と姿を現した。

梶川は、ゆっくりと八重の側に歩み寄ると、その耳元に、

「いいか、黙っていたって、あんたが柿見に会ったことはわかっている。柿見に会ったからこそ、ありもしない話に踊らされたのだ。あんな男は生かしておいては藩のためにはならんのだ。だからこれからそこに案内して貰う。柿見の潜伏場所だ。あんたがもし俺たちを欺いたら、いいかね、その時はあんたも柿見と同罪、その場で斬り捨てる」

念を押すように言い、にやりと笑った。

「それはどうかな」

新八郎は、ゆっくりと梶川の前に出た。

「だ、誰だ」

「手紙の主だ、八重殿を貰っていく」

言ったと同時に、左右から黒い影が駆け寄って、為三を突き飛ばして八重の前に立った。

多聞と仙蔵だった。

「仙蔵、八重殿を頼んだぞ」

「がってん承知の助とは、このこった」

仙蔵が勢いよく胸を叩いた。

「何をしている。この者たちを殺《や》れ！」

梶川が叫んだ。

ほとんど同時に、

「ぎゃっ！」

叫びとともに、鈍くて重い音が二つ、続けて落ちた。

多聞が、八重をかばって逃げようとした仙蔵を狙った為三、美代治を抜き打ちにしたらしい。

「なあに、峰だ。次はお前か」

多聞は抜いた刀を、浪人に向けた。

「何のために邪魔をする」

梶川が言った。梶川は言いながら刀を抜いて新八郎の前に立った。

「何故かはお前の胸に問えばよろしかろう」

「何」

「興津殿を卑怯《ひきょう》にも背後から斬り殺した罪、柿見殿を騙《だま》して脱走させ三百両欲しさに監禁した罪、加えて、夫の死の真相を知った八重殿を監禁ののちに斬ろうとした罪、それら全ては日を待たずして藩から問われることになる。神妙に今の内に自訴した方が身のためだと思うがな」

新八郎もゆっくりと刀を抜く。

薄闇とはいえ目を凝らせば、まだ見える。斬り合いに支障はない。

「お前も一緒に口を封じてやる！」

叫びながら斬りかかってきた梶川の剣が、うなりをあげて新八郎の頭上に下りてきた。

「うむ」

その剣をなんなく撥《は》ねた新八郎は、のけぞった相手の懐を突き、横に薙《な》ぎ、上段から寸時も置かず振り下ろした。

「うっ」

梶川がついに避《よ》けきれず声をあげた。

左の肩を押さえて蹲《うずくま》った。

「一石二鳥だな、新八郎」

多聞が近づいてきて言った。

多聞の後ろでは、浪人が腹ばいになってうめいていた。

「斬ったのか」

「斬ったが、急所は外した。しかし、これで用心棒の仕事はなくなるぞ」

多聞は苦々しそうな目で、転がっている悪人どもを見渡した。

七

新八郎は円光寺の門を入るとすぐに立ち止まった。

庭には今朝方降った雪が、まだ溶けずに一寸ばかり積もっていた。

あたり一面雪景色で寂々としたたたずまいが広がっていて、庭にいくつかの足跡があるだけで、人の気配は全くない。

「今日は和尚さんはお出かけです」

門前の雪を退けていた小僧はそう言ったが、その小僧の話では、昨日は何人かの武士や商人が集まっていたらしい。

だが、その者たちの名を、小僧は和尚から知らされてないらしい。

——いずれにしても。

おまちが言った五日後とは、昨日のことだったのだ。

その昨日には、八重の救出でひとときの猶予もなかった。

もしも昨日この寺に来ておれば、大槻に会えたかも知れない。さすれば志野の話も聞けた筈だ。新八郎は昨日という日を心待ちにしていたのだった。

だが、一刻を争う八重の救出のため、この円光寺に出向いて来ることは叶《かな》わなかった。

志野の手掛りが第一には違いないが、八重もまた今の新八郎にとっては大切な人だった。

その八重の過去を、先日会った田島由之助に聞いたのだが、その事がいっそう八重をどうしても救ってやりたいという気持ちに駆り立てていた。

田島由之助はこう言ったのだ。

「青柳殿、八重殿が婚家を出たのは、表向きは興津家のことを考えて、勇之進の妹に後を託したとなっているが、実のところは、勇之進のおふくろさんに追い出されたのでござるよ……細々とでもお家存続が叶った家だ、急養子を立てて八重殿が母となり、その子に興津家を継がせることだって出来たのだ。しかしそれじゃあおふくろさんたちは肩身がせまいとでも思ったんだろう。追い出したら、何処に行くところもない八重殿を、平気で追い出してしまったのだ……」

「行くところもないとは、どういう事だ」

新八郎が聞き返すと、由之助は八重殿はもともと、二十五石の軽輩者、田村恒之助《たむらつねのすけ》という武家に拾われた捨て子だったのだと言った。

八重が興津家を追い出された時、田村家は恒之助が亡くなって、その子の松之助《まつのすけ》が妻を貰って継いでいたから、八重は帰るに帰れなかった。

そこで、この江戸に出て、恒之助が生前江戸詰のおり知り合ったお稲を頼って暮らすことになったのだと……。

「おふくろさんに、そんな仕打ちをされても、八重殿は興津の家を案じ、いままた夫の正義の証《あかし》を立てようとしているのだ」

由之助はそう言うと、八重がいじらしいとも言った。

——田島由之助の話は、意外だった。

あの、いつも笑顔を絶やさなかった八重が、そんな過去をしょっていたなどと思いもしなかった。

しかしそれでもけなげに生きてきた八重を思う時、新八郎は胸を打たれた。

そして今日、新八郎は八重につき添って大鶴藩を訪ね、田島由之助の手配によって、用人赤羽七左衛門に柿見作十郎が記した『漂流記』を手渡した。

赤羽は一見したところ、体軀《たいく》は痩せた男だが懐の深い武家と見た。早速藩主に届けると約束してくれたし、即刻下屋敷にいる梶川の身を拘束するよう配下の者を走らせた。

柿見の処遇は、すくなくともこれまでの罪人扱いはしないまでも、藩内の一定の場所で暮らすよう命が下るのは、御公儀の手前了承して貰いたいということだった。同時に柿見の親族はお構いなしで、ふたたび領内に戻ることが出来るよう尽力するとも言ってくれたのである。

新八郎が藩邸を出たのが正午過ぎ、柿見への報告は八重と由之助ともども出向き、それからこの寺にやってきたのであった。

新八郎は、円光寺の庭に背を向けた。ふと目を移した門の前に、八重の姿を見たからだった。

「八重殿……」

新八郎は呟いた。

広い紫の襟巻きを、頭からすっぽり被って、八重は長いことそこに立っていたようだ。

「いったいどうしたのだ、こんなところまで」

新八郎は八重に近づいて言った。

「申し訳なくて……わたくしのためにすみません。仙蔵さんから聞きました、志野さまのこと、昨日ここに来ていれば何か手がかりを得ることができたかもしれませんのに……またとない機会をふいにしてしまって……」

「もう過ぎたことだ。それに、八重殿に何かあっては俺が困る」

「新八郎様……」

心なしか八重の頰が染まったように見える。

「俺だけじゃないぞ。仙蔵だって多聞だってそうだ」

新八郎は慌ててつけ加えると、八重と並んで寺を後にした。

「日も落ちます。そのつもりで参りましたので……」

八重は用水沿いにある五葉松の船着き場で、新八郎を船に誘った。

船は屋根船で障子を張り巡らせてあり、中には炬燵《こたつ》もしつらえてある。

「身分不相応だな、俺には……」

「はい、わたくしも同じです。でも今日は特別、何もかも解決しました。やっと夫を心から見送ることができます。新八郎様にはおつきあいいただきたくて……」

八重はそう言うと、胸元から懐紙に包んだ物を出した。

膝の上で静かに開く。

中には四つか五つ、種のようなものが入っている。

「牛膝《いのこずち》です」

掌《てのひら》にとって八重はしみじみと言った。

「いのこずち？」

「ええ、秋の野に実を結ぶ草のひとつです。棘《とげ》があって衣服についたら取れません」

「ああ」

新八郎は声をあげた。

少年の頃、故郷の山を友人たちと駆けた時、袴《はかま》について、取るのに苦労したことを思い出した。

「この実が、夫の遺体についていたのです」

八重は、しんみりと言った。

「何……」

「このタネは、夫が無言で私に残してくれた遺言でした」

「…………」

「私は興津の家を出る前に、このタネに導かれて一人で鹿ヶ原に参りました……」

原は秋の終わりを迎えて荒涼としていた。

八重は、原の真ん中に立って、耳を澄ませた。

だが、夫の声は聞こえなかった。

「あなた……勇之進様……」

八重は、枯れた芒の原を、右に左に無心に歩いた。

歩きながら八重は、着物にいのこずちがくっつくのを期待していた。しかし、なかなかくっつかない。もう枯れて地に落ちたのかもしれなかった。

悔しくて泣き出しそうになった時、

――ついてる。

しゃがんで、三つ、着物の裾についている草の実をつかみあげた。

その時である。

「八重……」

呼ばれた気がして振り向いた。

俄に吹き始めた風が枯れ野で立てた音のようだった。だが、八重の目には、はっきりと、秋の野に立つ勇之進の姿が見えたのだった。

「勇之進様……」

八重は風と一緒に号泣した。

「新八郎様、私、その時誓っていたんです。夫の死の真相がはっきりするまで、このいのこずち、離さないって……でも、やっと、夫のもとに返してやることが出来ます」

八重はそう言うと、障子を開けた。

船は日本堤にさしかかっていた。

岸はここも雪で覆われている。

「船頭さん、ちょっと」

八重は船頭に船を止めさせると、懐紙で船を折り、それにいのこずちの種をのせ、そっと川の瀬に置いた。

懐紙の船は、ゆっくりと流れていく。

白い頬を新八郎に向けて手を合わせる八重を見て、新八郎もそっと懐紙の船に手を合わせた。

第三話　紅梅

一

「これはこれは、お待たせをいたしました」

長崎屋源右衛門が、伊勢町堀沿いにある小料理屋『花房《はなぶさ》』の離れに姿を現したのは、新八郎がこの座敷に通されてから半刻程過ぎてからのことだった。

「予期せぬお客が参りまして、思わぬ手間をとりました。どうぞ、お気楽に」

源右衛門はそう言うと、従ってきた店の女将《おかみ》に、とりあえず酒だけ頼む、料理は話が終わってからにしてくれと言い、改めて新八郎の前に座った。

でっぷりとしていて顔の相も柔らかいが、ご公儀の大切なお役の一端を担う商人としての威厳が源右衛門の体を包んでいる。

「その節は世話になり申した」

新八郎は改めて頭を下げた。

新八郎は一度、野田玄哲が書いた『惰眠笑覧《だみんしょうらん》』の貸し出しもとが長崎屋だと知り、長崎屋に押しかけて、主の源右衛門に玄哲とその弟子や、志野につながるような話を聞き出している。

実は長崎屋というのは、四年に一度江戸に参府してくる長崎出島のカピタン一行の定宿で、御旅宿御用を務める商家であった。

時の鐘で有名な石町《こく》に広大な屋敷を構え、幕府から様々な特権を貰《もら》っている。

唐人参座の座人、和製龍脳売弘取次所《わせいりゅうのうりひろめとりつぎしょ》、輸入薬の販売、為買反物《かわせ》、送り砂糖の販売所（為買反物というのは、カピタンが将軍や幕府の役人に持ってきた献上物と進物の残り物の反物のことであり、送り砂糖とは、長崎屋に対してカピタンが特別に莫大な金額になる砂糖を送ってくれる、その砂糖のことである）、それに蘭書の原書の販売も許されている。

それほどの商人が、突然訪問した浪人の新八郎に快く応対してくれたのであった。

いや、それればかりか源右衛門は、玄哲や志野に関わる手がかりがわかった時には、必ずお知らせしますと約束してくれていたのである。

その使いが、今朝、新八郎の長屋に来た。

八重の一件で、思わぬ好機を逃して二ケ月、正月も過ぎて野や土手には柔らかい芽が吹き春の兆しが著しいこの頃である。

萎《な》えていた新八郎だったが、この長崎屋の使いで一気に心に灯がともった。

新八郎は使いに指示された時刻を待つのももどかしく、指定された時刻よりも若干早く来て、茶を飲み、じっと長崎屋が現れるのを待っていたのである。

「先ほどの女将は、あたしの身内も同然の女です。少しの気兼ねもいりませんから、お店よりこちらの方が良いかと存じましてね」

長崎屋は女将が酒を運んできて下がると、そんなことを言い、新八郎に盃をとらせて酒を注ぎ、自分の盃にも酒を満した。

そしてその盃を一口に飲み干すと、静かに盃を膳に戻して新八郎の顔をじっと見て言った。

「他でもございません。先日大槻壮介様がお見えになりましてね」

「まことか……」

新八郎は思わず膝に力が入った。

「はい。欲しい蘭書があるのだとおっしゃいまして参ったのでございます」

「何処に住んでいるのだ、大槻殿は……」

焦る心地で、身を乗り出して長崎屋を見詰めると、

「まあまあ、ひとつずつお話し致します」

長崎屋は穏やかに笑って、新八郎を手を挙げて制し、

「青柳様、大槻様には隠し立てなく、あなた様のことを申し上げました。御妻女を捜して、この江戸にお住まいなさっていることも……」

「…………」

「大槻様はご存じでございましたよ」

「何……この俺の事を知っていた？」

「はい。あなた様の推測通り、志野様を連れ出して玄哲先生にお引き合わせしたのは、大槻様だったのです」

「やはりな……」

予想していた通りだったのかと、新八郎の胸に封じこめていた大槻への怒りが俄に湧いてきた。

長崎屋は、その気持ちを和らげるように、すぐさまつけ加えた。

「その事で大槻様は責任を感じておられまして、玄哲先生が司直の手に落ちて亡くなられた半年後に、大槻様は平山藩のあなた様のお屋敷に出向き、志野様の失踪《しっそう》、その上あなた様まで家督を譲られて江戸に志野様探索に出られたことを知ったというのです」

「待て。長崎屋、するとなにかな、大槻殿は、俺の聞いたところでは志野らしき女と一緒に逃げたと聞いたのだが、志野とは一緒ではなかったということか……」

「はい、途中まではご一緒だったようでございますが、別れてしまうことになったのだと、おっしゃっておられました」

「…………」

どういうことだ……、新八郎は改めて長崎屋の顔を見た。

長崎屋は静かに頷《うなず》きながら、

「私は大槻様が、嘘《うそ》偽りを申されているようには思いませんでした。とはいえ、このような話だけでは、あなた様も納得いきますまい。いかがですか、大槻様とお会いになってみては……」

「会えるのか」

今すぐにでもという思いに駆られて新八郎は聞いた。

長崎屋は頷いた。

「恩に着る、会わせてくれ」

「乗りかかった船、お引き受けいたします。但し……」

長崎屋はそこで言葉をいったん切ると、私の指図に従っていただきますと用心深い目を向けた。

長崎屋の話によれば、大槻壮介は玄哲の一番弟子、玄哲の逃亡を手助けしたとしてご公儀がいまだに追い続けているのかどうか、手づるを使って調べてみた。

すると、肝腎の玄哲もすでに亡くなっていることから、さらにその縁につながる者たちまで探索詮議する熱意はもはやご公儀には無い……と知らされたのだった。

「さもなくば、いくらこの私といえども、危ない橋渡しはできません。ただ、なぜか、ご公儀は諦《あきら》めたのに、執拗《しつよう》に大槻様を追っかけている岡っ引がいるそうでして……」

「町奉行所が追っているのか」

「いえいえ、そうではございませんね。私はそちらにも手を回して調べてあります」

「大槻殿は何と申されているのだ」

「その事については何も……ただ、そういう訳ですから外出も控えておいでになる。今かくまって貰っている人に迷惑がかかると申されてな」

「…………」

「とにかく、一度お会いなされませ」

長崎屋はそう言うと、懐から手巾を取り出して新八郎の前に置いた。

「その折にはこれをお持ちになって下さいませ」

「これを……」

引き寄せると、面白い文様を染め抜いた手巾である。

何とも判別しにくい文様で、物の形でもなければ文字とも見えぬ。

「これは、オランダの東印度会社の紋章でございますよ」

「オランダの……初めてだ、このような紋章は」

「前回ご参府の折に、私が京で特別に仕立てまして、記念としてカピタンたちにお渡ししたものでございます。世間に出廻《でまわ》ってはいない珍らしい品です。これを目印に大槻様が、あなた様にお声をかけることになっております」

長崎屋は、笑みを湛《たた》えて頷いたが、その目の色は、用心深く鋭い光を放っていた。

――ほう、もう梅か……。

甘酒を頼んで緋毛氈《ひもうせん》を敷いた腰掛けに座った新八郎は、腰掛けの脇に黒々とした幹を見せて枝を伸ばしている梅の木に気がついた。

よく見ると、あちらこちらに白い花をつけている。

「もう少ししましたら、お店は花の香りで包まれます」

甘酒を運んで来た娘が言った。

なるほど、それでこの店は『梅の家《うめのや》』という屋号で評判の甘酒屋なのかと、ふうふう言いながら甘酒を飲み、さりげなく長崎屋に貰った手巾で口の周りを拭いた。

それにしても、店が東本願寺門前という場所柄か、入り替わり立ち替わり、梅の家の店は人の出入りが慌ただしい。

果たしてこの混雑で、俺の所在を見つけてくれるだろうかと、新八郎はことさらに手巾を口に当てて拭いた。

甘酒もほぼ飲み終えた頃だった。

「青柳様でござりますか」

若い武家が二人、静かに近づいて来て聞く。

「そうだ」

頷くと、二人は先に立って、新八郎を新堀《しんぼり》川を隔てた寺に案内した。

寺の名は『法念寺』、このあたりでは標準的な大きさの寺である。

「こちらでお待ち下さいませ」

若い武家二人は、寺の離れの一室に案内すると、するすると下がっていったが、間をおかずして、彫りの深い、年の頃四十前後の武家が入って来た。

「大槻壮介でござる」

武家は頭を静かに下げた。

「青柳新八郎でござる」

新八郎は、厳しい顔で見迎える。思わず顔も強ばった。

「この通りでござる。お詫《わ》び申し上げる。貴殿の身に降りかかった災難のもとをつくったのはこの私だ」

壮介は深々と頭を下げた。

「かくまってもらっている藩の名は明かせぬが、この寺はその藩の菩提寺《ぼだいじ》、その人たちの理解を得て、ようやく青柳殿に会う事が出来た。今日はこれまでのいきさつを、全て、青柳殿にお伝えしたい」

じっと新八郎の顔を窺《うかが》った。

その目は、まっすぐに新八郎に向けられている。

まぎれもない、誠実そうな目のいろだった。

「是非にも伺いたい。何故、志野を誘い出したのか……」

新八郎は強い口調で言い、見返した。

「青柳殿、貴殿もすでにお聞き及びと存ずるが、我が師玄哲様は『惰眠笑覧』を著したことで御公儀の不興を買い追われておりました。この江戸に住めなくなって旅に出たのですが、白河の関を越えたあたりで玄哲先生を慕っていたあるお人の所にいっとき滞在いたしました。玄哲先生の病が重かったのです。玄哲先生は労咳《ろうがい》を病んでおられましたから……」

だが、玄哲の病は少しも良くならなかった。

玄哲の病を診た医者は、どこかの温泉につかって、ゆっくり過ごすことが一番の薬だと壮介に告げた。

とはいえ、人目を避けての湯治となると、捜すのが容易ではない。

しかも、所持金も十分とはいえない。

師のために何とかしてやりたいと考えた壮介は、かつて笠間藩《かさまはん》領内に師と滞在したおり、熱心に弟子入りを望んだ一人の女子を思い出した。

千里《せんり》という変わった名前の娘だった。

千里は、笠間藩領内で御用商人をつとめる『辰巳屋《たつみや》』の一人娘だった。

玄哲は千里を、大店《おおだな》のお嬢様の気まぐれと笑って、弟子入りを拒否したのだが、千里はその後も江戸に帰った玄哲に何度も手紙を寄越していたのを壮介は知っていた。

——千里に頼めば、なんとかなるかもしれぬ。

滞在先のそこから千里のいる笠間藩領内はそう遠くはない。

そこで壮介は、玄哲には無断で千里に長期滞在の手はずを頼んだ。

千里は喜んで引き受けてくれ、山深い『湯の家』を二人に提供してくれたのである。

「そこが青柳殿、幕吏《ばくり》に踏みこまれることになった例の平山藩《ひらやまはん》の山中だったのでござるよ」

一気にそこまで話した壮介が、呼吸を整えてそう言った。

「うむ……」

新八郎も一言も漏らさず聞き取ろうと固唾《かたず》を呑《の》む。

壮介は、弁解の余地はないがと前置きしたのち、申し訳なさそうな視線を新八郎に向け、

「ある時玄哲先生は、ふとまどろみからさめて、この地は平山藩かとお尋ねになったのだ……」

じっと見た。そして続けた。

「私がそうだとお答えすると、先生は顔をゆがめて、今にも涙をこぼしそうになさ

ったのです」

「！……」

「あの先生がです。常に冷静沈着の体にて、たいがいの事では動じない先生が、感情のたかぶりをおみせになった……そして先生は、誰にも話さずに死ぬつもりだったがと苦笑を浮かべられたのちに、遠い昔、妻がいて、その妻との間には可愛い娘美野がいたと申されたのです」

「その娘が妻の志野だと、そう申されるのだな」

新八郎は性急に問い質した。そしてつけ加えた。

「実はそれらしい話は長崎屋から聞いている――」

新八郎は待てずに聞き返す。

壮介は、まあまあと手を上げると、その時の玄哲の告白を順を追って語った。

玄哲の妻、つまり美野の母は名を美也《みや》といった。

ある時、美也と玄哲の若い弟子との間に不義密通の噂《うわさ》が立った。

玄哲は噂を鵜《う》呑みにして激昂《げっこう》し、美也を離別、美也の懇願を無視して娘を渡そうとはしなかった。

玄哲は娘を男手一つで育てることにした。

だが、玄哲の蘭学者としての過激な言動は次第に公儀の神経を逆撫《さかな》ですることになり、玄哲の身辺には不穏な気配が漂いはじめた。

子連れの身では、いざという時の危険を避けるすべもない。

そんな事を考えていた丁度その頃、仲立ちをする者がいて、娘を狭山作左衛門なる人のところに養子に出した。

そしてその娘は、その後志野と名乗り、今は平山藩の青柳新八郎という者の妻になっている筈《はず》だと玄哲は言ったのである。

「待ってくれ。俺が長崎屋から聞いた話では志野の母は亡くなったと言っていたが……」

「それは……」

壮介は言い淀んでから、

「自分の妻と弟子との不義騒動など、先生は長崎屋に話せなかった。だから亡くなったのだと伝えたのではないかと。だからこそ手放した娘が不憫で先生の心は揺れていたのだと思います」

壮介の言葉に嘘はないと新八郎は思った。

先生は余命いくばくもない――。

医師の言葉から玄哲の死を感じていた壮介は、玄哲に無断で商人のなりをして青柳家を訪ね、志野にことの次第を告げたのである。

「志野は驚いたであろうな……」

新八郎は言った。

「いいえ」

壮介は首を振って否定し、

「養女であったことはご存じでしたし、ただ、ある御家人の家から貰われてきたのだとお聞きしていたようなのですが、どうもそうではないらしい。だが、これ以上聞き出せないと思ったりして、ご自分の出自について不安に感じられていたようです」

「そうか……」

「志野殿には、養父の作左衛門とは別の、痩《や》せた骨っぽい男の膝に抱かれたかすかな記憶があったのだと申されて……」

「ふむ……」

新八郎の胸には、志野の揺れる心が手に取るようにわかる。

「ひと目会っていただきたいとお願いしましたら、志野殿は是非もない、私も実の父にお会いしたいと……」

「しかし何故、今更だが、ひとこと俺に告げてくれれば、このような事態にはならなかった筈だ」

こうして事情がわかっても新八郎の思いはそこにたどり着く。

「ごもっともでございます。ただ、先生の容態も悪く、志野殿もひと目会うだけなら、夫が帰宅する夕暮れまでには家に戻ることができると」

「置き手紙ひとつしないでか……」

なぜそれをさせなかったのかと、新八郎は壮介を問い詰める気持ちになる。

「申し訳ございません。置き手紙するには話が複雑過ぎる。それにお尋ね者という玄哲先生の身を考えれば、会いに行くこと自体、夫に迷惑をかける。志野殿はそうも考えられたようです」

だが、志野の思い通りにはならなかった。

病んだ手で娘の手を握って涙を流す玄哲の姿を見て、志野はそのまま玄哲を置き去りにして帰ることが出来なくなったのだ。

玄哲は志野に会えたことでこの世に思い残すことの一つが消えた――と志野に言った。

だが、もう一つ、大きな悔いが残っていた。

離別した志野の母、美也のことだった。

離別から十年後、玄哲は美也にかけた疑いが根も葉もないことを知らされた。おのれの狷介《けんかい》を呪《のろ》ったが遅かった。

――美也に許しを乞いたい――

空しい願いを玄哲は志野に訴え、志野は泣いた。

そうして志野は一日延ばしにしているうちに、公儀の知るところとなったのだ。

玄哲は壮介を呼び、いざという時には志野のことだけは頼むと遺言した。

まもなく、湯の家は捕吏に踏み込まれた。

玄哲は身動きもならず捕まったが、壮介は無理矢理志野の手をひいて宿を出た。

あいにくの雨風に遭い難儀したが、山中を走りに走って隣藩にたどり着き、再び千里に助けをもとめたのである。

「千里は辰巳屋の広い庭の一角にある茶室に私と志野殿をかくまってくれたのです」

「辰巳屋……」

問い返すと、壮介は頷き、千里の実家辰巳屋は笠間藩内では知らぬ者のおらぬほどの商人だと言い、

「その時志野殿は高熱を出しておられてな」

「何」

「私が側にいて看病をと思ったのだが、追っ手は近くにまで及んでいるとわかったのだ。それで私がおとりとなって藩を出る。追っ手の的になるから志野殿のことは頼むと千里に告げ、辰巳屋を出た。それが志野殿との別れになったのだ」

「すると、つまり志野も、いまだ捕吏に追われているということですか」

新八郎は胸を起こして壮介を見た。

「いえ、そんな筈はありません」

「そんな筈はないとは、どういう事だ」

「先生の側にいる者として名前も知られていたのは私だけだ。ですから私も別れ際に言ったのです。あなたはここで養生して、ほとぼりがさめた頃に家にお帰り下さいと……そうそう、念のために私が持参していた匕首《あいくち》も夜具の下に置きまして、いざという時のために、護身用に携帯下さいと……志野殿も頷いておられましたが、それが……」

半年後、一度江戸に入った壮介が、志野が無事に家に帰りついたかどうか確かめるために平山藩に行ってみると、志野は失踪、夫の青柳新八郎も家督を弟に譲って家を出たのだと聞いた。

——何があったのだ。

壮介は再び千里に会いに笠間藩領に出向いたが、折悪《あ》しく町では何かの事件が起きていたらしく役人の姿が多数見え、千里に会うのを壮介は断念したのであった。

以来これまで志野の消息は途絶えたままだと壮介は言い、

「この通りだ」

改めて新八郎の前に手をついた。

「………」

しばらくの沈黙が続いた。

いわれぬ怒りに襲われながら、しかし新八郎は目の前の壮介に一撃の鉄拳も加えられなかった。

──湯の家に残ろうと決めたのは、壮介の話が本当なら志野自身だったのだ。

しかも、千里という者の家の茶室で養生した後は、家に帰ろうと思えば帰れた筈……。

新八郎はそこまで考えて、千里の家、つまり辰巳屋の茶室で、志野はその後不測の事態に遭遇したのかもしれないと思った。

そうで無ければ、いまだに行方の知れぬ理由がない。

「大槻殿、もういい。お手を……」

上げてくれと新八郎は言い、

「俺は湯の家に参る。志野のたどった道を、この足で確かめて来る」

厳しい顔で立ち上がると、手を膝に戻して悔恨の表情で見上げる壮介に一礼し、荒々しく裾を捌《さば》いて退出した。

二

新八郎が、平山藩城下の外れ、札の辻に立ったのはそれからまもなくのこと。田畑にはれんげや菜の花が咲き、薄緑に覆われた山の麓《ふもと》には、鶯《うぐいす》の鳴く声が絶え間なく聞こえていた。

ここから城下までは三里、新八郎の足はつい故郷に向きかける。

平穏に暮らしていた昔が蘇《よみがえ》った。

だが、新八郎はぐっとこらえた。

逃げた妻を追って藩士の身分も家督も捨てた、武士にあるまじき未練惰弱の男……新八郎を評してそんな陰口が囁《ささや》かれていることは弟の話から察しがついている。

――何とでも言えば良い。

開き直ってみるものの、今や弟の立場も考えてやらねばならぬ。

それに、何と評されようと志野を捜し当てなければならぬ。

その先は、その時志野と考えればいい。

新八郎は、城下とは反対の、山懐に入る道に歩を向けた。

――もっと早くこの道をたどるべきだった。

そんな思いに駆られながら、新八郎は休みなく野路を踏みしめる。

――しかし、壮介も哀れな男よ。

あれだけの才気がありながら、玄哲の一番弟子ということで浪人の暮らしを余儀なくされている。

壮介と別れたあの日、新八郎は廊下を渡って本堂から庫裏《くり》に出て玄関に立ったところで若い武家に見送られた。だがその時若い武家は、壮介の苦渋を代弁して新八郎に告げたのである。

その話によれば、壮介は以前から志野を捜しにもう一度湯の家に向かいたいと考えていたらしい。

だが、牛天神の近くに人宿を営み、荒くれ者を多数配下に持つ岡っ引、通称『天《てん》神《じん》の弥《や》三郎《さぶろう》』という十手持ちに執念深く追われていて、それがかなわなかったのだと見送りの武士は言った。

壮介は玄哲と江戸を離れる少し前、危うく弥三郎に縄をかけられそうになり、腰に差していた小刀で弥三郎の右腕を刺したことがあった。

刺しどころが悪かったのか、弥三郎の右腕はその後不自由になったという。

その恨みで、弥三郎は壮介を追い回しているのだった。

「ご公儀が壮介から手を引いても、いざ捕まえて突き出せば放ってもおかれまい。あっしの命が続く限り、奴を追い詰めて、きっとお縄にしてみせやす」

そう弥三郎は豪語しているというから、ちょっとやそっとの執念では無い。

弥三郎のおかげで外出もままならない壮介は、妻子ともずっと離れて暮らしているらしい。

「自分の身に置き換えても、大槻殿は青柳様ご夫婦のことが気がかりなのだと存じます……」

若侍はそう言ったのである。

――大槻壮介もまた、心から志野が元気で現れるのを待っていてくれている。間違いない……。

新八郎は、そこで繰り返していた思いを中断して立ち止まった。

目の前に広い田地が広がっている。一面れんげが咲き乱れていて、それが何処までも続いていて壮観だった。

——そうか、稲垣村に入ったのか……。

大きく溜め息をつく。

稲垣村は藩の穀倉地で、隣藩笠間藩と国境を接する土地である。

そして、志野からの手紙を江戸に届けてくれた茂助《もすけ》の住む村だった。

「もし、茂助の住まいを知っていたら教えてくれ」

新八郎は、畑で草を焼いている百姓の女に尋ねた。

女は、草焼きをしながら、黒い大きな腕を出して鍬《くわ》で土を起こしていたが、新八郎が茂助の名を出すと、

「ああ、今やお大尽の茂助さんの事かね」

にやりと笑った。

「お大尽……」

「へえ、娘のお陰で安気に暮らしてるだ。それでみんな羨《うらや》ましくってお大尽なんて呼んでるのさ」

「娘とは、お杉《すぎ》のことか」

新八郎は、ふと思い出して名を出した。

江戸に奉公に出ていたあのお杉のことに違いなかった。

茂助が志野の手紙を持って江戸に出てきた時、娘のお杉は奉公先の『和泉屋《いずみや》』から嫁にと望まれていた。だが、なぜかお杉は、その話を受け入れられないでいた。人に言えない何かがあるに違いないと案ずる父親の茂助を、新八郎は助けて事件を解決している。

命をかけて志野の報《しら》せをもってきてくれた茂助への礼のつもりだったが、

「そうか、お杉は幸せに暮らしているのか」

ほっとして聞き返すと、

「おや、お杉ちゃんのことご存じなのか。そうなんですよお武家様、お杉ちゃんがお江戸の雑穀問屋の嫁になっただろ、和泉屋さんはこのあたりの大豆、ぜーんぶ買って下さる大店だべ。そんだもんで茂助さんはよ、月々の仕送りもたーんと貰ってるらしくてよォお……まったく、孝行娘を持つと、ほんと、羨ましいって皆言ってらあ。今や茂助爺さんのことは知らねえ人なんていねえべ。ところで、何を知りたいって？」

女は大きな声を出して耳に手を添えた。

「茂助の住まいだ」

新八郎も大声を出す。

「ああ、住まいは、そうだな。ここから一町ほど先だ。まんだ咲くのは先だけんど、庭に大きな桜の木があんべ。その桜の側には年中綺麗な水が湧き出ているだ。そうそう、今じゃその水も名水になっちまったよ。その水飲んべば、娘や息子が立身するとか言ってさ」

「わかった。ありがとう」

新八郎は、まだ話し足りないような女に礼を言って、その場を離れた。

田舎はいい。故郷はいい。草や木も、そして人も……。

新八郎は、日の陰りを西空に見て、足を速めた。

「まずは新八郎様、長旅の体をお休め下さいませ」

茂助は、訪ねていった新八郎を、いろりの側に勧めて、妻のおかちと共に歓待した。

いろりの鍋には雉肉《きじにく》が煮えているし、春の野に芽吹いた芹《せり》のおひたし、つくしのごま和《あ》え、菜の葉やわさびの葉の天ぷらなど、正月でも迎えたような里では贅沢《ぜいたく》な料理が並んでいる。

「ごちそうといってもお江戸のようにはいかね。だが飯もたんと炊いてあるで、新八郎様、存分にお召し上がりくださいませ」

などと言い、夫婦頭を揃《そろ》えて江戸では世話になった、ご恩を頂いたと礼を述べるのである。

「すまぬな、お前にはなんのもてなしも出来なかったのに」

新八郎は、いささか心がくすぐったい。

何しろ茂助が訪ねてきた時に懐は空っぽで、仙蔵に泣きついているところを八重が知り、八重の好意で茂助を吉野屋で接待したのである。

「あの折は、我ながら情けない思いだった」

新八郎が頭を掻《か》くと、

「いいえ、新八郎様のお気持ちは痛いほどわかりましたで。それに、あなた様のお陰で、お杉も幸せに暮らしておりやして」

「そうか、確か亭主になる男は、友之助《とものすけ》だったな」

「はい。去年の暮れには子も出来まして……」

「何、それは目出度《めでた》い」

「全て、新八郎様にお助けいただいたお陰でございますだ」

「いやいや、お杉の手柄だ」

「伊勢町一の幸せものだと、手紙を寄越して参りました」

茂助は娘の自慢をひとしきりしていたが、おかちが座を外すと真顔になって、

「志野様のことでお帰りになったのでございますね」

「そうだ。お前に助けて欲しいことがある」

新八郎が、湯の家を出てからの妻の足取りを追うのだと、壮介から聞いた話をかいつまんで話すと、

「承知しました。お伴させていただきます」

茂助は膝を直して言った。

「笠間藩の辰巳屋を見知っているか。辰巳屋にも立ち寄りたいのだが……」

「へい。従兄弟《いとこ》が笠間藩領内で植木職人をやっております。弟子もとり、おかげさ

まで一家をなしておりますので、そこに滞在してはいかがかと」

「それは有り難い」

「松吉《まつきち》といいますが、いい奴です。遠慮はいりやせん」

「すまぬ」

「新八郎様、そのようなお言葉は、この茂助には無用でございます。どうぞこれからも、この茂助がお役に立つことでしたら、何でも言いつけて下さいませ。ささ、懐かしい故郷の酒を堪能して下さい」

茂助は言い、笑みを湛えた。

その晩、新八郎は久方ぶりに熟睡した。

三

「志野様とお会いしたのはこの場所でございますだ、新八郎様」

茂助は、雑木林を抜ける山道の坂の途中で立ち止まった。

道の両側は、うっそうと木が茂っているが、落葉樹が多く、ほとんどの木は芽吹き始めたところだった。

冬の雑木林は侘《わ》びしげだが、この頃になると、春の巡りを感じられて、この先に何か希望のもてるような展開が待っているようで新八郎もほんの少し救われるような気持ちになる。

「お前が言っていた湯の家はこの奥か」

新八郎は雑木林の奥を指した。

「へい、道は杣道《そまみち》、人の手が入ってはおりませんから、お足下にご注意下さいませ」

茂助はそう言うと、腰に差してきた鎌を引き抜いて、その鎌で絡んでいるツタや枯れ草を切り開きながら奥に進んだ。

枯れ草の匂《にお》いもして、若草の香りもする。

時々、雑木林のあちらこちらで、驚いた鳥の飛び立つ鳴き声や羽音も聞こえる。

ふと、子供の頃に友人と野山を駆け回ったことを思い出したが、こんな山道を志野が歩いていたのかと思うと胸が詰まった。

「新八郎様……」

どれほど歩いただろうか、茂助が立ち止まって前方を指した。

木立の向こうに檜皮葺《ひわだぶ》きの平屋の家が見える。

「湯の家です」

と茂助は言った。

家のまわりは枯れ草が覆い、その枯れ草の中から若い緑の芽が元気に伸び始めていた。

「あれ以来、誰も使っていないようです」

茂助は、打ちつけられた戸に手をかけたが、びくともしなかった。

「湯はどこに出ているのだ」

「はい、この家の横手です。行ってみますか」

茂助のいう通り横手にまわってみると、そこには、小屋がしつらえてあり、その小屋の中には石で敷き詰められた露天の温泉が湯気を上げていた。

「…………」

紅梅が湯殿に垂れ下がるように咲いている。

ひっそりと咲いていた。時折湯気にさそわれて、はらりと花弁が落ちていく。

――志野……。

紅梅に志野の香を思い出す。

「昔は近在の百姓たちの農閑期の憩いの場所だったんですがね、十年ほど前でしょうか、一里ほど下りたところの富田《とみた》という地主が管理するようになりやして、わしらには手の届かない場所となっています」

と言った茂助が、小さな人影を認めたらしく、

「こら！」

大声を出したが、

「翔坊《しょうぼう》か……」

庭に現れた十歳前後の男の子に声をかけた。

そして素早く、新八郎に耳打ちした。

「いま申しました富田の家のぼっちゃまでございますよ」

すると、

「茂助爺か、何してるんだ」

翔太《しょうた》の声が飛んできた。

翔太は手に鞭《むち》のような物をつかんでいる。

「はい。翔坊も覚えているだべ。ここにいた美しい奥方様を……あのお方の旦那様をお連れしたのだ」

「へえ……」

翔太はじろじろ新八郎を眺めたのち、

「おいらが知らせてやったんだぜ。麓に悪いお役人が集ってきてるって」

意外なことを言った。

「まことか」

「うん。だって、おいら、志野様が大好きだったのさ」

「何、志野を知っているのか」

「知ってるとも。おいら、毎日のようにここに遊びに来てたんだ。志野様のお使いもしたことある」

「使いを？」

「うん。手紙を書きたいから、墨と紙が欲しいって」

「………」

「それでおいら、家の墨と紙を持ってきたんだぜ」

「そうか。お前がな……」

新八郎は、近づいて、しゃがんで、翔太の顔を見た。

やんちゃそうだが、目のくりくりとした利発そうな男の子である。

わが子千太郎《せんたろう》が生きていれば、この子と同じくらいだなと思った時、志野が翔太を容易に受け入れて可愛がったことが、手に取るように窺えた。

「いい物見せてあげるよ」

翔太はにこりと新八郎に笑いかけると、懐から布に包んだ物を出し、大事そうにそっと布を開いた。

「きれいだろ、お使いをした時に貰ったんだ」

翔太が自慢げに鼻を鳴らした。

翔太の掌にあるのは、鮮やかな茜色《あかね》に透けて見える水晶のかけらだった。

「志野様は言ったんだ。この石持ってると願い事がかなうって……」

「そうか、志野がな……」

新八郎は、じっとその石を見る。

一子千太郎を亡くして間もない頃のことだった。

新八郎は志野にせがまれて弁当を持って山野に遠出をしたことがあった。

そこは七の谷渓谷と言い、藩の城下から半日ほどの道のりのところだが、昔その谷は水晶の採掘場であった。

そのために、渓谷には採掘人足たちが建てた阿弥陀堂《あみだどう》があり、その阿弥陀堂の周辺で拾った水晶のかけらは、願い事がかなうという言い伝えがあったのだ。

志野はそれを知っていたらしく、新たな子が授かるよう思いを込めて、この石を拾ったのだった。

翔太の掌にある石は、あの折に志野が拾った石に違いなかった。

「いいかな」

取り上げようとして尋ねると、こくりと頷いて差し出した。

新八郎は石を受け取ると、初春の柔らかい陽の光に翳《かざ》してみた。

水晶は、いっそう鮮やかな茜色に輝いている。

「翔太……」

新八郎は、石を翔太の手に返した。

取られるのじゃないかと心配そうにして見ていた翔太が、ほっとした顔でにこりと微笑《ほほえ》み、大事そうに布に包んで懐に押し込むと、

「志野様に逃げ道を教えてあげたのも、おいらだよ」

翔太はそう言うと、新八郎を湯の家の裏手から奥山に案内した。

こちらは針葉樹も多く、なべて木は大きく、茂みも深かった。

杣道には苔《こけ》がむし、伸びた杉の木の、木の皮の香りが漂っていた。

しばらく行くと、道は二手にわかれている。

「この道を下れば笠間藩に行くんだ。志野様と大槻様は、この道を下ったよ」

翔太が、うっそうとした樹海の中を指し、新八郎を振り向いた。

新八郎の目には、壮介に支えられながら、足下の悪い杣道を下る心細げな志野の姿が見えた。

「こんなところを……おいたわしい」

茂助が震える声で言った。

「翔太、世話になったな。お前に会えて良かった」

新八郎は、しゃがんで翔太の手を握った。

「おいらもだ。おいら、かかさがいないんだ。おいらを産んで亡くなっちまったんだ。だから、だから、おいら、志野様がかかさのような気がしたんだ。だから、だから、志野様思い出して、時々湯の家に来てるんだ」

翔太は言い、俯いて握って貰っている手を、じっと見詰める。

翔太の手はまだ雛鳥《ひなどり》のように頼りない。

新八郎はその手をそっと両手で包んで言った。

「お前に渡したその懐の石は、志野の一番大切な石だったのだ。お前に会えずとも、志野はどこかできっとお前の幸せを祈っているぞ」

「本当？」

翔太が顔を上げてくりくりした目で新八郎を見た。

「本当だとも、元気で暮らせ。幸せにな」

新八郎は後ろ髪を引かれる思いで翔太と別れた。

「松吉の言ったとおり、豪勢なものだな、茂助」

新八郎は、茶碗を膝前に戻すと、立ち上がって障子を開けた。

縁側の向こうには広い庭があり、黒塀に沿って桜の木が植わっていて、それらの木の枝には無数に蕾《つぼみ》がついているのが見える。

桜の木は一本ではない。塀にそって、新八郎が立っている座敷からでも三本は見えるから、花の季節には壮観だろう。

「はい、松吉が申し上げました通り、辰巳屋さんは笠間藩一の商人でございますから……」

茂助も茶をすすって相槌《あいづち》を打った。

二人は山を下りて笠間藩に入ってすぐに、茂助の従兄弟で植木職人松吉の家にわらじを脱いだ。

その時松吉が、辰巳屋について話してくれたのだが、辰巳屋は領内を流れて海に至る美吉川の船運の権利を手にし、米や雑穀、薪や炭、それに木材などの運搬を一手に引き受けて利をむさぼり、大いに店は繁盛しているという。

いや、そればかりか、金貸し業もやっているし、運送に欠かせないあらくれ男どももも全て辰巳屋の息のかかった者となれば、辰巳屋は金と力と両方を持っていることになる。

新八郎と茂助が松吉の家を出て、この辰巳屋の屋敷の前に立った時、ぐるりを黒塀で囲まれたこの屋敷には、威厳さえ感じたのである。

まさに、藩随一の豪商にふさわしい屋敷であった。

「お前は会ったことがあるのか……」

新八郎が茂助の方を振り返った時、足音がして、二人がいる座敷に、背が高く肩幅の広い、いかにも船運を一手にしている頭領らしい体つきの男が入って来た。

その男に従って、新しい茶を運んで来た下男が言った。

「旦那様でございます」

「辰巳屋惣右衛門《そうえもん》でございます」

着座した男は丁寧に手をついて頭を下げた。

だが、その体のどこからも、本当に人を敬うような物は無い。

「俺は青柳新八郎と申す」

新八郎ももとの座に戻って言った。

「青柳様……はて」

惣右衛門は首を傾げた。

顔にはありありと、浪人風情が、この大商人に何を言いに来たのかと言わんばかりのものがある。

「では、こう申せばわかるか……四年余り前に、こちらで世話になった志野という者の亭主だ」

「あっ」

惣右衛門は、小さい声を上げた。

同時に困惑とも狼狽《ろうばい》ともつかぬものが顔を走り抜けた。

——無理もない。

玄哲はご公儀のお尋ね者で、志野はそれに繋《つな》がる女だったのだ。

新八郎は、とっさにそう解釈して笑って言った。

「安心なさるがよい。志野の事など今更追って来る者はいぬ。もう、あの捕り物は決着がついておる。つまり、志野をかくまった事で咎《とが》められることなどありはしまい」

「…………」

惣右衛門は、それでも安心出来ぬのか、ではどんな用件でとでも言いたげな目を向けてくる。

「辰巳屋、俺はな、そなたに礼を言いにきた」

「それはそれは」

惣右衛門は手をついた。肩を縮みこませている。

「手を上げてくれ。恩に着る」

「とんでもございません。私は当たり前のことをしただけでございます。もっとも、この辰巳屋、ただの商人ではございません。娘の千里にあれほど食い下がられなかったらお断りしていたでしょうな」

「千里と申されるのだな、娘御は」

「はい、手のつけられない、跳ねっ返りでございまして」

惣右衛門は憮然《ぶぜん》として見せた。

「ほう」

「客人をかくまってくれないのなら、私が二人に代わって役人を斬って自分も死にます、などと目茶苦茶を言うものですから……」

「いや、この通りだ。済まなかった」

新八郎は、頭を下げた。

「それで、お内儀様は、その後どうしておられますかな。息災でしょうな」

惣右衛門はいかにも分別あり気な思案顔になった。

「それが……」

新八郎が、あれ以来まだ家に帰っていないのだと告げると、

「それはまた……」

惣右衛門は、信じがたいというような声を上げた。

「どうして帰ってこなかったのか、今どこにいるのか、あれからずっと捜している。ここで世話になっている間に、何かそなたが気づいたことは無かったのか」

「ございません」

新八郎が皆まで言わぬうちに、惣右衛門が首を振った。

「そうか、知らぬか」

「はい。私どもには何もこれと言った事はおっしゃいませんでしたので」

「ふむ……娘御の千里ならいかがか……」

「さあ、知らないと存じますが……千里はここにはおりませんので」

「何……」

「あのあと、まもなく家を出ました。どこに住んでいるのやら……いえ、もう、あの娘にはほとほと手を焼きまして、勘当したも同然、私には息子がおりますから、もうよろしいのでございますよ」

「ならば済まぬが、志野が匿われていたという茶室を見せていただけまいか」

「わかりました。ご案内いたしましょう」

惣右衛門は承知した。

しかしその表情は不承不承と言わんばかりで、志野滞在は、この辰巳屋にとって余程迷惑だったに違いない……そう思うと、新八郎の胸は塞《ふさ》いだ。

四

「新八郎様、白湯《さゆ》を貰ってきやす……この蕎麦《そば》はいがらっぽくてぇ……」

茂助は、食べ終わった蕎麦の鉢を目で指すと、帳場に向かった。

二人は辰巳屋を出たあと小腹が空《す》いたと蕎麦屋に入ったのだが、汁が塩辛かった。

「うむ」

新八郎は、茂助の背中を見送りながら、頭の中では先ほど見せて貰った辰巳屋の茶室を思い出していた。

茶室は辰巳屋の庭の一角に設けられていたが、路地の造りも手が込んでいて、金に糸目をつけず造作したことが見てとれた。

惣右衛門は茶室の戸を開けると、

「お二人がこちらに逃げてこられた時には、大変な雨が降っておりまして、志野様は高熱を出しておられました。急いで着替えを用意し、布団を持ち込み休んでいただいたのですが、先ほどもお話ししました通り、看病や食事のお世話は、千里と与《よ》作《さく》という下男がさせていただいておりまして、私は詳しいことは存じません」

ひととおり見渡して、そう告げた。

「大槻殿はすぐにこちらを出て行ったそうだな」

「はい。雨のまだ止まぬうちに、雨と闇に紛れるようにして、いずこかへ……」

惣右衛門は慇懃《いんぎん》に答える。

「で、志野がここを出て行ったのは？」

「熱もとれた数日後のことでございましたが……」

「ふむ。その時志野は、どこに行くと申していた？」

「どこに？……私は何もお聞きしてはおりません」

「そうか……ならば惣右衛門」

「はい」

「千里に会えぬのなら、与作という下男に会わせてくれぬか」

「それが、あの事があってまもなく、老齢のために暇を出したのですが」

「住まいは？」

「美吉川沿いの村『桑田村《くわた》』です」

惣右衛門からそこまで聞いて、新八郎は辰巳屋を出たのである。

「新八郎様、どうぞ……文句を言ったら、茶を入れてくれましたよ」

茂助が盆に茶碗を載せて戻ってきたその時、

「た、たいへんだ！……け、喧嘩《けんか》だ」

店の中に飛び込んできた町人が、新八郎を見つけて取りすがった。

「こ、殺される……あいつら、庚申《こうしん》一家に殺されるよぉ」

「庚申一家とはなんだ」

「せ、船頭を束ねている、や、やくざだべ」

「新八郎様、およしなさいませ」

茂助の引き留める声を背で聞きながら、新八郎は外に飛び出した。

喧嘩乱闘の男たちは、すぐに目に飛び込んできた。

膝までの短い着物に三尺帯を締めた若い二人に、法被《はっぴ》に褌《ふんどし》、胸や腕には彫り物の見える人相の良くない男たちが、よってたかって殴る蹴《け》るの暴行を加えているのである。

「ちきしょう！」

若い二人は、口から血を流しながらも向かって行くが、どう見ても片や喧嘩慣れしている獰猛《どうもう》な男たちだ。

誰が見ても、若い二人に勝ち目はなく、見物人も震えながら二人が拳骨《げんこつ》を見舞われるたびに悲鳴を上げる。

「まだ懲《こ》りねえのか！」

彫り物の男の一人が、よろよろと支え合って立ち上がる若い二人に向けて匕首を

引き抜いた時、

「待て、もう止めろ」

新八郎が、二人を庇《かば》うようにして立った。

「てめえ、誰でえ……見慣れねえ顔だな」

匕首を引き抜いた男が、新八郎に嚙《か》みついた。

「手を引かぬと、お前たち、怪我《けが》をするぞ」

「なんだと！」

いきなり、匕首の男が新八郎に飛びかかったが、新八郎はわけなく躱《かわ》して、男の腕をねじ上げげた。

「いてててて、放せ」

「俺のいう事がわかったのか」

さらにぐいっと締め上げる。

「いててて、いてぇよぉ……わ、わかったから放してくれ」

「とっとと消えろ」

新八郎が突き放すと、

「庚申一家を甘く見るんじゃねえぜ」

男たちは捨て台詞《ぜりふ》を発して、走り去った。

「畜生……あいつ等、やりたい放題やりやがって、あんちゃん、みんなになんていい訳するんだ」

川岸に立つ小屋の中で、弟の五一《ごいち》と兄の作次《さくじ》は、両手を土間に打ちつけて泣いた。

その顔は、泥まみれ血まみれだが、受けた傷のことより、なにやら心配事があるらしい。

「おい、お前たち、何を心配しているのだ」

聞かずにはおれずに、新八郎は聞く。

「へい。お武家様、あいつ等は、そこの桟橋から、おいらたちが町まで運ぶ農作物を、みんな水の中にぶちまけてしまっただよ」

作次は、縋《すが》りつくようにして言う。

「なんだと……順を追って話してみろ」

「へい」

作次はぐいと涙を拭《ぬぐ》うと、ここに至った経緯を語った。

それによると、二人は川上の農家が出荷する農産物を舟でここまで運び、いったん小屋におさめ、そしてここから荷車で町の市場に運び、商っているというのである。

ところが何度か、小屋の農作物がそこら中にぶちまけられていたことから、今日ひそかに隠れて見張っていると、先ほどの連中がやってきて、今度はあろうことか、その荷を川の中に投棄してしまったのである。

そこで二人は、追っかけて行って喧嘩になったのだが、

「あいつ等、庚申一家の者だで、何をしても許されると」

「何故だ、役人はおらぬのか」

「お武家様、ここのお役人はみんな腰抜け、庚申一家のいうがままですから、あっしらが訴えたところで、どうにもなりやせん」

「何……」

「なんなら、辰巳屋に頼んでみっぺ」

そばから茂助が口を挟んだ。

「とんでもねえ。庚申一家は辰巳屋の子分も同然でございますだ」

「どういう事だ、聞き捨てならんな」

「とにかく、おいら二人が舟使ってるもんだから、庚申一家が縄張りを荒らすって怒ってるんでございますだ。だども、奴らに上納するとなると、百姓たちの農産物を売っても利益は少ねえ。そんだら、ただでさえ苦しい百姓の、借金の利子にもならねえ」

「ふむ……」

「お武家様、ここいらの百姓は、昨年米が取れねえもんで、みんな借金しただ。その借金は辰巳屋の息のかかってる高利貸しだ」

「誰も助けてくれる者はいないのか」

「んだ。辰巳屋に文句いえるのは、泰庵《たいあん》先生だけだども」

「泰庵先生？」

「へい。ここから二里ほど離れた野々村《ののむら》のお医者さまだ。先生ところには辰巳屋のお嬢様で千里さんという方が勘当されて転がり込んでおいでなさる」

「何だと、おい作次、お前、今なんと言った？……千里さんがどうとか言ったな」

茂助が、目を剝《む》いて作次に聞いた。

「言ったども……」

「千里は千里でも、辰巳屋の千里さんだぞ」

「だから、その千里さんが、父親に勘当されて、先生とこさ転がりこんでんだ。それで今じゃ先生の片腕になってるべ。鬼のような父親でも、娘を助けてくれた恩人だべ先生は……いくら何でも、そんな人に辰巳屋だって逆らえねえべ」

「新八郎様……」

茂助は、喜びの声を上げて新八郎を見た。

五

「おい、おかわりだ。早くしろ」

泰庵は、老妻に茶碗を突きつけると、

「ところで作次と五一、そちらのお客さんは、どこが悪いのだ」

じろりと、畏《かしこ》まっている作次と五一を見た。

二人の横に新八郎と茂助が控えている。

「いや、診察に参ったのではない。千里殿に会いたくて参ったのだ」

作次や五一が言うまでもなく、新八郎が答えた。

「千里だと……」

泰庵の目がぎらりと光った。

泰庵の眉毛《まゆげ》は仙人のように長くて白い。それが目じりに覆い被《かぶ》さるように伸びていて、老人とは思えぬ鋭い目がその奥で光っている。

「滝川《たきがわ》、あと何人いるのだ！」

泰庵は突然待合いにひしめく患者をちらと見て、隣室で薬研《やげん》をつかっている弟子に聞いた。

「はい、まだ十四、五人は待っています」

「ちっ」

泰庵は舌打ちすると、

「そういうことだ。少し待ってもらえるかな。話は診察が終わってから聞こう。千里も往診に行っているのでな」

泰庵は、飯粒を飛び散らして新八郎に言い、漬け物を音を立てて嚙み砕くと、いまいましそうに呟いた。

「それにしても辰巳屋の奴、娘の行方がわからんだと……大嘘つきめ。作次、そうだろ」

「へ、へい。あの、何か」

うっかり他のことを考えていたらしい作次が、びっくりして泰庵を見た。

「ちーっ、ちっ、ちっ、お前は、全く……小さい頃から何度も熱出してわしが助けてやったというに、命の恩人の話は、耳ほじくって聞いとくもんだ」

話は後だといいながら、この先生、どうやらやっぱり気になるらしく、飯を食い、茶を飲みながら話を続ける。

「青柳殿と申したな」

今度は新八郎に顔を向けた。

先ほどの様子では、新八郎たちの訪問の意味も、いや、訪ねた客人の名前すら覚えてないような感じだったが、ちゃんと頭に入っていたのだ。

「青柳新八郎と申す」

改めて新八郎が名乗ると、

「辰巳屋め、そんな大嘘をつくのは余程娘に人を近づけさせたくないのだろうな……いや、それとも、あんたに千里を会わせたくない何か訳でもあるのか」

泰庵の歯に衣《きぬ》きせぬ物言いは爽快《そうかい》だ。

「そうだろう、えっ……あの男は、とっくに娘がここにいることなど突き止めている。突き止めて、ずっと密かに手の者に見張らせているのだ。物騒な男どもがこのあたりをうろついているのを知らぬと思ってか」

惣右衛門への悪口をいきなりぶちまける泰庵に、新八郎は呆気《あっけ》にとられながらも耳をそばだてる。

言われるまでもなく、実は新八郎も、惣右衛門の態度に不自然で白々しいものを感じ取っていたのである。

泰庵は茶を飲み干すと、話を続けた。

「千里がまだ十九歳の頃だった。野田玄哲という蘭学者を慕って密かに江戸に出ようとした時も、たちまち捕らえられて監禁されたことがあるのだ」

——野田玄哲……。

突然野田玄哲の名が泰庵の口をついて出たので新八郎はびっくりした。

「あの男の一人娘への監視は徹底している。ふっふっ……」

泰庵は、そこで密かに笑うと、

「その厳戒をくぐって千里はここに逃げてきたのだ。たいした娘だ、ふっふっ……もう一杯、茶だ。客人にも入れ替えろ」

泰庵は、側でじっと控えている老妻に怒鳴ったのち、今度はその顔を弟子に向け、

「お前、わしの代わりにあの者たちを診察してみろ、滝川」

と言った。

「でも先生、私はまだ一度も診察をしたことはありません」

突然命令を受け、困惑ぎみの滝川に、

「馬鹿者、いい機会だと有り難くやれ」

「でも先生、もしも誤って……」

滝川は膝を寄せて泰庵のそばに近づくと、その耳にぼそぼそと訴える。

「馬鹿、いいか。医者が手を握れば、患者はそれだけで良くなるもんだ」

泰庵は小声で叱《しか》りつけた。

「お前も覚えているだろ。こりゃ長くはないぞと案じていた患者が、俺の『良くなる、きっとな』といった言葉を信じて本当にけろっと治った姿……あれだってお前、病名もわからなかったから、せいぜい精のつくものを調合してやっただけだ。いいか、病は気からだ。医者が自信を持って脈を取り、薬を与えれば、それでいいのだ。千里を見習え。行け」

泰庵が厳しい目で隣の診察室を指した。

滝川は恐れ入って診察室に向かった。泰庵はそれを見届けたのち、また新八郎たちの方に顔を向けた。

「いやいや、千里はたいした女子《おなご》だ。ここに転がり込んできた時になんと言ったと思う?」

嬉しそうな顔をつくると、

「貧乏人からは薬代もようとらぬ俺を見て、こう言ったのだ。まるで施療院ではありませんか。気に入りました。私、手伝わせていただきます。そんな口をききおった。とはいえ、親が親だ。そしてどうあれ千里も乳母日傘《おんばひがさ》で育った身、すぐに音《ね》を上げるだろうと思っていたら、なんのなんの、蘭学を独学で齧《かじ》っていたということもあるのだろうが、あっというまに俺の片腕になった。利発で飲み込みが早い千里は、人手の足りないここでは救いの神だ。わっはっはっ」

歯の欠け落ちた歯茎《はぐき》をむき出しにして笑った後、

「んっ？……ところで青柳殿は、千里に何の用だと……」

ようやく新八郎の目的に興味を持ったようだ。

「はい。実は今話に出た玄哲に関わる話なのですが、妻を捜しておりまして」

新八郎は、妻志野を救ってくれたという千里に礼を言い、いまだにわからぬ妻の行方に心当たりがないかどうか聞くためにここにやって来たのだと、そのいきさつをかいつまんで話した。

「玄哲殿は亡くなられたのか……惜しい人を亡くしたものよの。それにしても確かに不可解な……千里もまもなく帰ろう。しばし待たれよ」

泰庵が言った時、

「ただいま、帰りました」

凛《りん》とした声がしたと思ったら、白い医師の上着に袴《はかま》を着けた美しい娘が入って来た。

「よう、千里、お前に客人だ」

泰庵はそう告げると、よっこらしょっと腰を上げた。

「まさか……いえ、やはりお戻りにはならなかったのですね」

新八郎の話を大きな瞳をじっと向けて聞いていた千里は、そう言うと深い溜め息をついた。

化粧っけの無い千里の顔から血の気が引いていくのがよくわかった。

「やはりとは、何か心当たりがござるのですな」

「…………」

「千里殿……何でもよい、聞かせてくれ」

新八郎は、驚きと戸惑いの色を浮かべる千里の目をとらえて膝を進めた。

千里はじっと見ていたが、突然息苦しそうな表情を浮かべると、ついと立ち上がって障子を開けた。

柔らかい日差しが飛び込んで来た。

その日差しの向こうには広い畑が広がっていて、薬草が植わっている。

一見すれば、草が無造作に植わっているように見えるが、先ほど茂助を従兄弟の家に帰し、この離れに案内して貰った時、部屋の裏庭は薬草畑だと千里から聞いていた。

「私の予感は当たっていたのですね……」

千里の澄んだ声が哀しみを含んでいる。千里は力なくそこに座ると庭を見詰めたまま、

「父は新八郎様のもとに、誰かに送らせようとしたのだが、志野様が断ってお一人で出て行かれた、そう話したのですね」

静かな口調で念を押した。

「そうだ……」

「礼を述べられてお帰りになったと……」

「そうだ」

「…………」

「違うのか」

新八郎はかぶせるように声を上げた。

「違います」

千里は言った。きっぱりとした口調だった。

「私はかつて、五年ほど前ですが、玄哲先生がこの地に滞在なさった折に押しかけていって大槻壮介様の仲介で、先生にお目もじしたことがあります。その壮介様からあの折、師のために人目のつかない療養所を捜しているとお聞きし、すすんで湯の家を紹介いたしました。それが、どこでどう漏れたのか、幕吏の知るところとなりました……」

千里は、まっすぐ新八郎の顔を見て話した。

千里は、追っ手に漏れたのも自分のせいだという思いもあって、辰巳屋の茶室に匿った志野の看病に、下男の与作と心を込めて介護にあたった。

医者を呼ぶこともかなわなかったから、自ら薬を煎《せん》じて志野に飲ませ、冷えて疲れた志野の体をもみほぐした。

志野は数日後回復した。

少しずつ庭を歩けるようになったのを見届けた千里は、その日、用があって与作に志野の世話を頼んで出かけた。

「そして、夕方帰宅した私は茶室に向かったのですが……」

千里はそこまで話すと、突然口を噤《つぐ》んだ。

「千里殿……」

強く促す新八郎の声に千里は、はっとして、

「茶室に向かった私は、路地に入った時、絶叫を聞きました」

「何、志野の叫びを聞いた……」

「いえ、叫びは父のものでした」

「惣右衛門殿の？」

「はい……」

千里は新八郎から視線をそらすと、

「茶室に駆け込んだ私が見たものは、おびただしい流血でした……」

「……」

新八郎は声を潜めて千里を見入る。

千里は言った。

「父が刺されて呻《うめ》いていて、志野様が匕首を握りしめて震えていました。そして、

与作はなすべもなく、ただおろおろとしていたのです」

惣右衛門は、千里の姿を認めると叫んだ。

「千里、人を呼べ！　この女を、この女を……」

血糊《ちのり》のついた手で志野を指すのだ。

しかし千里は動かなかった。

ここで何が起こったか……千里は頭にとっさに浮かんだおぞましい光景に震えた。

とはいえ、父が死ぬようなことになったら……ふと不安に襲われた時、与作が外に走り出た。

──このままでは……。

与作の報せで使用人達が走って来ると思った千里は、立ちつくしている志野の手から匕首を取り上げて放り投げ、志野の手を引いて外に出た。

凶暴な使用人たちの志野への報復の図が頭の中をかけめぐっていた。

「逃げて下さい。さあ早く。後は私がなんとかします」

千里は志野の背を押すが、志野は逃げようともせず、首を横に振るばかり。

志野は自分のした事におののいて、逃げ隠れすることなど出来ない、そんな気持ちだったに違いない。

「駄目ですよ、お逃げ下さい。山を越えれば平山藩、志野様の旦那様がお待ちです」

くずおれる志野の体を千里は力任せに引っ張りあげて、それならばと、無理矢理引っ張って一町ほど歩いた。

そうこうしているうちに、後ろからただならぬ乱れた足音が聞こえてくる。

「私が食い止めます。その間に志野さまは逃げて……先生の、玄哲先生のお気持ちを考えて下さい」

千里は叫ぶように言い志野の背を押すと、自分は踵《きびす》を返して走り戻り、追ってきた店の男たちと、闇の中で対決したのだった。

「新八郎様、志野様と最後に別れたのは、そういうことでした。ですから私は、きっと旦那様のもとにお帰りになったと……いえ、そう信じたかった」

「………」

「私がちゃんと送り届けてさしあげようと考えていたのに、申し訳ありません」

「いや……よく話してくれた。礼を申す。ただし、一つはっきり聞いて置きたい。

俺は今、あるいまわしい光景を思い浮かべているのだが、あんたが現場を見て想像した光景と同じものだと考えてよいのだな」

「おそらく」

「…………」

いいようの知れない沈黙がしばらくあった。

だが、千里はその沈黙に耐えられないようにつけ加えた。

「ただし、証拠はありません。私は父に問い詰めましたが、父はこう言いました。何もない、熱に浮かされていたあの女の錯覚で、こんな次第になったのだと」

「与作はなんと……」

「よく知らぬというのです……その時自分は外に水を汲《く》みに行っていたからわからぬと……」

「しかしそなたは今……」

「ええ、娘の私がいうのは哀しいのですが、父がどんな男かわかっていますから、そうお答えしたのです」

千里は悲しげな目を向けた。

その時だった。

「すみません、千里さん。患者さんがまた押し寄せてきました。先生が助けてほしいとおっしゃっています」

滝川が千里に告げ、新八郎には、

「それから青柳様には今夜こちらでお泊まり頂くようにとのことです。是非一献差し上げたい、先生はそのように申しております」

頭を下げると、千里と一緒に急いで母屋《おもや》の診察室に向かった。

六

「何、女将、もう一度聞くが、初物のこごみがあるとな」

泰庵は、女将の酌を受けながら、女将がいま述べた料理の品書きを口にした。

「はい。松蔵《まつぞう》さんが昨日とってきてくれましてね」

女将は答えると、今度は新八郎に笑顔で会釈して、新八郎の盃にも酌をした。

女将は四十を少し越えたかに見えるおむらという女だった。

泰庵がいきつけの小料理屋だが城下も外れで、どことなく鄙《ひな》びた感じは否めない。

「待て待て、こごみはまずよし。それを貰おう」

「はい」

「それから……何だった？」

「雉の干し肉、鮎《あゆ》の甘露煮、菜の花のてんぷら……」

「おい、婆さん、もそっと客人が好みそうな気の利いたものはないのか……例えばだな、そうだ、煮貝ならあるだろう？」

「はい」

「それと、そうだ、鯉《こい》はどうだ……」

突然新八郎に聞く。

「私はなんでも……雉も鮎も菜の花も大好きです」

「何……わかった。婆さん、あるだけのものを頼む。手を抜くな」

泰庵は唾《つば》もとばさんばかりに女将に言いつけると、今度は自ら銚子をとって新八郎に酌をした。

「あれはわしに弱みを握られておるからな」

女将が去った廊下をちらと見て、くすくす笑うと、今度は真顔になって、

「千里から全て聞いた」

自分の盃にも酒を満たして一気に飲んだ。

「嫌なことを言うようだが、あの惣右衛門ならやりかねんよ」

苦々しそうに言った。

「何か心当たりでもおありですか」

「妾を二人も囲う好色者だ。千里の話では志野さんはたいへんな美人だと聞いた。武家の妻女で江戸育ちの高嶺の花を、惣右衛門が黙って見ている筈がない」

「…………」

「いや、気を悪くされるな」

「いえ……」

新八郎は心を読まれ、とっさに曖昧《あいまい》な返事をした。

「そういう男だからこそ千里は愛想をつかしたのだ。まっ、これは余談だが、千里の本当の名は菊《きく》と言ったのだ」

「菊……」

「母に早く死なれて、菊は愛馬の千里とともに育ったのだ。ところが親父があんなだろう。愛馬が死ぬと、親父がつけた名はいらぬと、名を馬の名の千里に改めたのだ。今じゃ千里で名が通っているが、あの親子は悲しいかな、そういう関係でな。哀れなのは千里だ」

「私がやって来たことで、ますます千里は……」

父との絆《きずな》にさらに傷をつけたのではないかと新八郎は言いかけた。だがその時、すらりと障子が開いて、

「ご懸念には及びません。新八郎様、明日、与作のところに案内します」

仕事の後始末をつけた千里が遅れてやってきた。

「噂をすれば影だが、千里、それでいいのか。ひょっとして、己の父親の破廉恥ぶりを娘が暴くことになるやも知れぬぞ」

流石《さすが》の泰庵も案じ顔で聞く。

「いいのです。気になっていた事です。はっきりした方が父のためにも私のためにもいいのです」

千里は、迷いのない目を新八郎に向けて座った。

「すまぬ」

　新八郎は言った。

「いいえ、新八郎様。これまで私が与作を問い詰めようとして果たせなかったのは、どこかに親を裏切る後ろめたいものがあったのです。一方では志野様に申し訳ないと思い、板挟みのような思いから逃げたくて、先生のところに飛び込みました。でも新八郎様にお会いして決心がついたのです。うやむやにしてはいけないって」

「…………」

「志野様が新八郎様のもとに帰らなかったのは、きっと人を殺《あや》めてしまったと思いこんだことによるものだと存じます。仮に殺めていなくても、傷を負わせたと……それが露見すれば、あなた様に、青柳家に多大な迷惑をかけると……志野様は、そう思ったに違いありません。だって大槻様は志野様におっしゃっておられましたから。あなたは身元が知られていない、このままご亭主のもとにお帰りになっても大丈夫だと……」

「うむ、それは私も大槻殿から聞いた」

「そんなお方が、他に身を隠す理由がございません。ですから……」

「よし、そうと決まったらそうしろ。千里も辛《つら》い。青柳殿もまた辛い話を聞くことになるやも知れぬが、避けては通れまい」

泰庵が千里を見、新八郎を見た。

翌朝のことだった。

茂助が早々にやって来て、千里とともに新八郎が泰庵の家を出ようと玄関に出たその時、

「た、助けて下せえ、兄ちゃんが、兄ちゃんがまたやられた」

転がり込んで来たのは、昨日新八郎が助けてやった五一だった。

「いったい、どうしたのです」

千里が走り寄って聞く。

「千里さん、先生にお頼もうしますだ。兄ちゃんが死ぬ」

「誰にやられたのだ」

奥から泰庵が出てきた。

「へい。庚申一家の奴らでございますだ。昨日の借りを返すと言って、兄ちゃん、

腹を刺されちまって」

「何だと、で、作次はどこにいる」

「家です。家に運びましたが、俺たちでは手がつけられねえ」

「与作は？」

「兄ちゃんの側にいるだ」

「よし、わかった。俺も千里、一緒に行くぞ」

泰庵はそう言うと、奥に走り込んだ。

「新八郎様、作次さんと五一さんは、与作さんの息子さんです」

「何……」

「いいか、滝川、俺も千里もおらぬのだ。表に休診の札を貼れ。それでも断れない患者なら、お前が診ろ」

泰庵は滝川から往診の箱を受け取ると、新八郎と千里、それに茂助と五一とともに走り出た。

泰庵の家がある野々村から与作の家まではおよそ一里、それも川を隔てている。

二つの村とも美吉川に沿ってあるのだが、渡してある橋は遠く、五人は岸辺に着けてあった田舟を雇って対岸に渡った。

そこから与作の家までは、時間にしておよそ四半刻、

「とっつぁん」

藁《わら》葺《ぶ》きの家の前で、おろおろしている老人に五一が走り寄ったのを見て、新八郎はその老人が与作だと察した。

「作次はどんな具合だ」

泰庵が尋ねると、

「へい、痛みに耐えられずに気絶して、息はしてるだども……」

「うむ」

聞くより早く、泰庵は家の中に駆け入った。

「与作、湯は沸かしてありますね」

「へい、千里お嬢様」

「五一さんも来て」

千里は走り込みながら、与作親子にてきぱきと指図する。

それから一刻あまり、泰庵と千里は作次の手当に没頭した。

その甲斐あって、

「これでよし。子供の頃にわしがせっかく助けた命、粗末にされてはかなわんわい」

健やかな作次の寝息を聞きながら、泰庵は五一が運んで来た桶《おけ》の水で手を洗った。

「わしに似ず血の気が多くて、庚申一家に逆らっちゃなんねえと、いくら言ってもきかね」

与作は愚痴った。

「馬鹿者、与作、いらいらするのはお前の方だ。いいか、与作、よく聞け。あの一家はこの町を牛耳《ぎゅうじ》っていてやりたい放題じゃないか。しかしだ、あの一家をああさせているのは、どこのどいつだ……」

泰庵が与作をどなりつけた。

「…………」

「辰巳屋じゃないか」

「へい」

「辰巳屋惣右衛門だ。お前がそれに気づかぬ訳はなかろう」

「だども、だども、わしに何が出来るとでも……」

「出来ぬな、何も……お前に出来るのは、三十年も仕えた辰巳屋への忠義立てだけだ。耳に蓋《ふた》をして、口に錠をかけて、知らぬ存ぜぬと安穏に余生を送りたいだけなのだ」

「先生」

「倅《せがれ》どもに恥ずかしくないのかお前は、……少なくとも倅どもは、百姓のために命を張っているのだぞ」

与作は首《こうべ》を垂れた。

「倅のことだけではない。お前は四年余り前、辰巳屋の茶室で起こった事件の真相も口を噤んで闇に葬ろうとしている。違うか……」

「な、何をおっしゃるのでございますか」

与作は泰庵が何を言おうとしているのか察したらしく、はっとした顔で千里を見た。

「与作さん、こちらのお方、どなただと思われますか」

「こちらの……」

与作はおそるおそる新八郎に顔を回した。

窪《くぼ》んだ目が、おずおずと新八郎を見ている。

「青柳と申す。そなたに世話になった志野の夫でござる」

「あっ……」

与作は声を上げた。後ろにひっくりかえりそうになった。

「志野があれから姿を消したままなのだ。茶室で何があったのか、包み隠さず話してくれぬか」

「あ、あ、青柳様……」

与作はその場で斬りすてられでもするかのように平伏した。

七

「へ、へい。ぜんぶお話し致しますだ」

与作は、作次の介抱を五一と茂助に頼むと、いろりのある茶の間に新八郎たちを招き入れ、神妙な顔で話し始めた。

「千里お嬢様がお出かけになってすぐのことでございました。あっしが茶室の外に出て路地の掃除をしていますと旦那様がやって参りまして、志野さんは私が代わってみてやろう、お茶の一服も差し上げたいのだ……旦那様はそうおっしゃったのでございます」

しかし与作は、千里に言いつけられていたこともあり、その場を立ち去るのを渋っていた。

すると惣右衛門は、

「何をしている。一度帰って体を休めてこい」

などと言う。それでも与作は、

「いえ、あっしは大丈夫でございます」

「だったら、お前、薪割りとか風呂掃除とか、仕事が滞っているだろう。それを片づけてこい」

険しい目で睨《にら》んだ。

今にも雷が落ちそうな顔だった。

与作は辰巳屋に三十年近く奉公してきた。

辰巳屋がどんな拍子に怒りにまかせて怒鳴り散らすか良く知っている。

与作は震え上がった。

ただ与作は、自分がここから離れたら、その後で何が展開されるのか想像が出来た。嫌な予感だった。

なにしろ初めて志野を見た時の惣右衛門の反応を与作は思い出していたのである。じっとりと粘り着くような好色の目を志野に向けていた惣右衛門の様子は、主とはいえ好ましい光景ではない。

「行け」

もう一度惣右衛門が言った。

「へ、へい」

与作は茶室の路地から、母屋に続く庭に出て、去ってきた茶室を案じながら母屋に向かった。

しかしやはり気になって、与作は踵を返して茶室に向かった。

──何も心配するようなことが無ければ、そっと引き返してくればいい。

与作は音を立てないように路地に入り、中が覗《のぞ》ける植え込みの中にしゃがんだ。

志野が戸を開けたのだろう。茶室の丸窓の障子戸が開けられていた。畳んだ夜具の前で、後れ毛を掻き上げながら志野が膝を揃えて座っていた。そして、惣右衛門も大商人面して、志野と相対して座っている。

志野の声が聞こえた。

「辰巳屋さんには何とお礼を申し上げてよいかわかりません。こんな立派なお部屋で手厚い介抱をしていただきまして、もうすっかり良くなりました。二、三日のうちには、おいとましようと考えております」

すると今度は、惣右衛門の機嫌の良い声が聞こえた。

「それは良かった。すっかり血色も良くなられた。いやはや、ほっといたしました」

「はい。もう今朝などは、こちらの美しい庭を少し歩きまして、お食事も存分に頂きました」

「お口に合いましたかな」

「はい」

「何でも与作にお申しつけ下さい。そうだ、お着物も一枚進呈いたしましょう。出入りしている呉服屋に頼めば、仕立てもすぐです」

「とんでもございません。お礼をしなければならないのは私のほうです。ですが、お恥ずかしいことに、今は少しの持ち合わせもございません」

「水臭いことをおっしゃる。私はあなた様に、どんなことでもしてさしあげたい、そう思っているのです」

「惣右衛門さん……」

志野は、惣右衛門の口調にひそむ変化を感じとったらしく、不安げな顔を上げた。

「いやいや、実のところを申しますと、千里があなた様をこちらにお連れした時には、正直困惑しておりました」

「………」

「いや、悪意はないのです。ご承知の通り手前は藩御用達の金看板を掲げる身分、ご公儀から追われているお方を匿えばどうなるのかと……」

志野は、申し訳なさそうに、首を垂れた。

「しかし、あなたを拝見してその迷いはふっとんだのです。あなたの美しさに圧倒されました」

「惣右衛門さん」

志野が顔を上げて、惣右衛門を見た。

とっさに危険を察知する女の勘か、志野の顔は強ばっていた。

惣右衛門は感情を高ぶらせて膝を寄せる。

「あなた様に比べれば、私の知っている女たちのなんと野暮なことか……これまでの私は田んぼの下草同然の女たちばかり見てきたように思います」

惣右衛門は、にじり寄ると、いきなり志野の手を握った。

「何をなさるのです」

志野は腰を上げて逃げようとするが、その膝も惣右衛門はもう一方の手で押さえた。

「お礼をとおっしゃるなら、志野さん。私の願いをかなえて欲しい……一度だけでいい」

惣右衛門が、抱きしめようとした。

「止めて下さい。出来ません」

志野は惣右衛門を突き飛ばそうとするが、もはや男の力には勝てない。

覆い被さる惣右衛門を志野がはねのけ、しかしまた惣右衛門が挑んでいく。

与作がはらはらしている視線の先で、何度か志野がもがいて惣右衛門の手から逃れた。いよいよ追い詰められた志野は偶然伸ばした手に触った煎じ薬用の土瓶をつかんだ。

次の瞬間、眼前に顔を寄せてきた惣右衛門の頭をその土瓶で打った。

「あっ」

額《ひたい》を押さえた惣右衛門の指の間から、真っ赤な血が流れ落ちた。

「これが……これが危険を冒して匿った恩人にすることか……」

志野の手の土瓶をひったくった。

「私のいう通りにすればよし、さもなければおそれながらと訴えますぞ」

鬼と化した惣右衛門は、志野を力任せに倒した。

一発、二発、抵抗する志野をはり倒し、その手で志野の裾を割った。

その時である。

志野が畳んであった夜具の下に手を伸ばして、匕首をつかみだした。

「志野様」

与作が叫びながら茶室に駆け込んだ時、

「ぎゃ！」

叫びとともに、惣右衛門の腿《もも》から鮮血が飛び散った。

「志野様！」

そこへ千里が飛び込んで来たのである。

「申し訳ねえ……」

与作は、そこまで話すと、両手をついた。肩をふるわせて泣きながら言った。

「もっと早く飛び込んでいれば、あんなことにはならなかった。旦那様に怒られるのが怖くて、どうしようか、どうしようかと迷っているうちに……」

「あいわかった……」

新八郎は怒りに身を震わせて立ち上がっていた。

「お待ち下さいませ、新八郎様」

怒りを抑えきれずに外に出た新八郎の前に、茂助が走り出てきて立ちふさがった。

「お怒りはわかりますが、おやめ下さいませ」

「退け、茂助。お前は松吉のところに戻っていろ」

「いいえ、退きません。たとえ奥様の敵《かたき》をうったとしても、そのあとはどうなります。追っ手をかけられ、捕まれば、ただではすみません」

「お前の知ったことではない」

「いいえ、わしが志野様の手紙をお届けした折に、新八郎様はなんとおっしゃったか覚えておられますか」

「…………」

「新八郎様はこうおっしゃいました。妻の行方を捜すために浪人となった俺は意気地のない男だと言われているかもしれぬ。しかしな、茂助、それでも俺はいいのだ。志野を捜し出す。武士の面目などどうでもよいのだと……」

「茂助……」

「ここで辰巳屋を成敗しても奥様は戻ってはこねえ。それより、追われたり捕まったりしたら、誰がこの先志野様を捜すんですか。志野様を、奥様を捜し出すまで諦めぬとおっしゃったあの言葉は、どうなるのでございますか」

　茂助は必死に語りかける。

「案ずるな茂助、乱暴はせぬ」

新八郎が言った時、背後から馬のいななきと共に、千里が馬に乗って駆け抜けて行った。

「千里殿……」

新八郎の後ろから五一が叫んだ。

「千里さん、駄目だ、戻ってくだせえ」

五一の制止の声も空しく、馬はたちまち闇に消えた。

「五一、他に馬は？」

新八郎が叫んだ。

「雑穀運ぶ馬が、もう一頭いるだ」

「よし、その馬を俺に貸してくれ」

新八郎は、与作の家に走って引き返した。

千里は足音を鳴らして父のいる部屋に向かった。

「お嬢様、千里様、お待ち下さい」

番頭や手代が、惣右衛門の部屋に向かう千里の前に立ちはだかろうとしたが千里は押しのけて進んだ。

くるりと振り返った千里は、

「来るな！……親子の話だ」

腰に差していた短刀の柄《つか》を握った。

「千里様、千里様がよくても私たちが叱られます。千里様は勘当同然のお立場、家には勝手に入れるなと言われております。お待ち下されば、旦那様にお伺いしてまいります」

「黙れ！　お前たちの指図は受けぬ。それとも何か、また新しい女を家に入れたのか」

嚙みつくように言い、

「店に戻れ」

千里は足音を立てて父の部屋に向かい、がらりと戸を開けた。

「何事だ」

惣右衛門が振り返った。

側にはやはり、千里の見たこともない女がいた。

二人が部屋で何をしていたか、襟元を身繕いした女を見れば察しがついた。

「帰っていなさい」

惣右衛門が女に囁き、女は千里をじろりと斜めに見ると、いまいましそうな顔をして部屋を出て行った。

「おとっつぁん、あんな女を家に入れて、世間に恥ずかしいとは思わないのですか」

千里は立ったまま、険しい顔で惣右衛門を睨《ね》めつけた。

「お前も子供じゃないんだ。何を馬鹿なことを言う。女の一人や二人。辰巳屋だぞ、わしは。誰も何も口は出せんよ」

ふっふっと、惣右衛門は笑った。

「おとっつぁん、おとっつぁんの、そんな傲慢《ごうまん》な考えが、志野様を窮地に追いつめたんですよ」

「志野……何のことやら。過ぎたことだ」

「いいえ、過ぎたことではありません。志野様はあれ以来、行き方知れずになっているのですよ」

「知らんな、ご公儀から追われるような者たちと、この辰巳屋、関わり合いになったことはない」

「おとっつぁん……青柳様にお会いしたのではないですか」

「……………」

「おとっつぁんがどう言い逃れようと、与作が教えてくれましたよ、本当のことを」

「何……」

惣右衛門の顔に戸惑いと驚きの色が走った。

「与作は茶室の路地の植え込みから、一部始終を見ていたんですよ。でも、おとっつぁんが恐ろしくて口を噤んでいた」

「……………」

「おとっつぁん、青柳様に謝って下さい。志野様に乱暴したことを……そして、自分の責を負い、志野様を捜し出すと約束して下さい」

「千里、突然帰ってきたと思ったら、お前はそんな事を言いに帰ってきたのか」

「そうです。辰巳屋の者として、黙って見ていられないのです」

「生意気なことを言うようになったものだな」

「志野様のことだけではありません。おとっつぁんの息のかかった庚申一家が、今町や村で何をやっているのか知っている筈です」

「…………」

「藩から鑑札を貰っているのをいいことに、みんなに乱暴し、苦しめて……おっかさんが生きていた頃の辰巳屋は、そうではなかったでしょう」

「うるさい！……出て行け、お前はもうこの家の者ではない」

「おとっつぁん……」

千里は短刀を腰から抜いた。

「な、何をするのだ」

惣右衛門は仰天して後ずさる。

「おとっつぁんさえいなければ……笠間藩の町や村の人たちは幸せになれます」

「お、お前、父親を殺すというのか……お、親不孝者めが……誰か、だ、誰か！」

惣右衛門は追い詰められながら叫ぶ。

「何故だ、何故お前は……千里」

「何故……おとっつぁん、まだわからないのですか。千里は、千里は、おとっつぁんとの縁は切れない。親子の絆は切ることが出来ないと気づいたからです。世の中の人がおとっつぁんをどんなに罵《ののし》ろうと、おとっつぁんは私のおとっつぁん……」

千里の双眸《そうぼう》から涙があふれ出た。

「千里……」

千里は力をふりしぼって、惣右衛門に言う。

「娘としてこれ以上、醜悪なおとっつぁんを見たくない……おとっつぁん」

千里はぐっと歯をくいしばって短刀を持つ手に力を入れた。

「おとっつぁんを殺して私も死にます」

一気に刃《やいば》を振り下ろそうとしたその時、

「待ちなさい」

新八郎が入って来た。

「青柳様……」

我に返った千里の手から新八郎は短刀を取り上げた。

千里は膝をつくと、声を殺して泣き出した。

新八郎は、腰を抜かして呆然《ぼうぜん》自失の惣右衛門につかつかと歩み寄ると、襟をつかみ上げて、頬をぶっ飛ばした。

「これは俺の怒りだ」

そして、もう一度襟ごと体を引き上げると、頬を殴った。

「そしてこれは、千里殿の思いだ……親を思う娘の愛情を、思いしれ」

新八郎は、そう言い残して部屋を出た。

「せ、千里……」

背中で惣右衛門の今にも泣き出しそうな声を聞きながら、新八郎は店の外に出た。

「茂助……」

息を切らした茂助がよろよろと歩いて来るのが見えた。

八

「茂助、この辻だ。千里殿が志野を送ってくれたのはここだ」

新八郎は辰巳屋から一町ほど南に延びた町の辻で立ち止まった。

片や三間《けん》の堀割、もう一方は町家の塀が続いている幅二間ほどの路上である。

「新八郎様、この堀は、右手に行けば美吉川に通じ、左に行けばお城の荷揚げ場に行き着きます」

茂助は川縁に寄り、前後を眺めた。

一夜が明けると新八郎は、千里から聞いた志野と別れたという場所に立っていた。

たとえあのまま怒りに任せて辰巳屋を成敗したところで、志野の行方がつかめるものではない。

茂助の言ったことが正しかったのだ。

――茂助の言う通り、志野の足取りを探ることに気持ちをきりかえねばならない……。

新八郎はようやく冷静さをとり戻していた。

「いえほーい、いえほい。舟が行くぞー。いえほい」

ゆったりと二艘《そう》の舟が、威勢のいい船頭に舵《かじ》をとられ城の方向に滑って行く。

舟は藁で巻いたいくつもの荷物を積んでいる。

「おそらく志野が逃げたのは……」

新八郎は、堀割の右手を見た。

「わしもそう思いますだ」

茂助もそっちを見た。

「しかし、念のためだ。志野が逃げた時刻は夜だ。町の様子もわかってはいまい。茂助、お前は向こうを当たってみてくれぬか」

新八郎は左手を指し、自分は堀にそって美吉川に出る道をとった。

昼間だというのに、意外に閑散とした通りだった。

町の繁華な場所からみれば、裏通りになっているからかもしれなかった。

右手は塀が延々と続き、左手は堀である。

——昼間でも寂しいこの道を……。

女一人暗闇を走る志野の姿が目に浮かぶ。

——おや……。

新八郎は、町の外れで一軒の小さな店を認めて立ち止まった。

間口が一間ほどの店だが、笠やわらじがぶら下がっている。

そしてこの店の前は舟の発着場になっていた。

もしやと思って店番をしていた五十がらみの女に、武家の女が四年余り前にここに立ち寄り、わらじなど求めなかったかと聞いてみたが、

「四年余りも前のことは……」

首を横に振り、

「それに時刻が時刻だろ。そこから舟が出るのも日の暮れぬうちだから……もっとも、朝は早いからね。翌朝舟に乗ったのかもしれないよ」

「舟に乗ればどこに行く？」

「美吉川にでるだよ。美吉川を下れば街道に出る。街道に出れば、お江戸にも行けるし、隣の平山藩にも行ける」

「そうか……いや、ありがとう」

外に出ようとしたその時、

「旦那、ちょっとお待ち下さいな」

女が呼び止めた。

「旦那がお捜しのお人かどうかわかりませんが、そういえば、ここでわらじをお買いになって、一番近い旅籠《はたご》へはどういけばいいかって聞いたお武家の女の方がおりましたよ」

「その者の年は……」

「そうですね、二十五、六かな、色の白い綺麗なお方で」

「で、それで、どうしたのだ、その女は」

「丁度ここに顔を出した船頭さんがいましてね、定吉《さだきち》さんていう人ですが、その定吉さんが、女の足では大変だって美吉川沿いにある旅籠まで乗せて行ったんですよ」

「その船頭には、どこに行けば会える……」

「亡くなりました。去年だったか」

「亡くなった……そうか」

「余計なこと言ったかもしれねえな」

新八郎の落胆ぶりを見て、女は呟くようにそう言った。

だが新八郎は、その女が志野だと思った。

——志野は平山藩には戻っていない。

すると、行く先は江戸しかない。

玄哲が離別したという志野の母美也のことが頭に浮かんだ。

玄哲は美也に謝罪できない苦悩を志野に訴えていたという。志野は父に代わってそれを果たそうと思いついたのではないか。

新八郎は踵を返して、茂助と待ち合わせの場所に急いだ。

「お役に立てずに申し訳ね。だども新八郎様、きっと志野様はどこかでお元気にお暮らしです。わしも、こちらで何かわかりましたら、すぐにお知らせいたします」

茂助は団子を食べ終わると、茶をすすったのち、新八郎に慰めの言葉をかけた。

二人がいるのは、美吉川の船着き場である。

舟の出発まではまだ四半刻あり、二人はここまでやってきて一服していた。

茂助は山越えで帰るというから、二人はここでお別れであった。

「こちらの方こそ世話になったな、茂助」

新八郎も礼を述べた。

「おう、間に合ったか」

その時だった。

不意に泰庵が姿を現した。

「おぬしに話しておきたいことがあってな」

泰庵は茶屋の親爺に茶を頼むと、どしりと新八郎の隣に座って、

「まずは辰巳屋のことだが、あんたに代わってあ奴を成敗する者がいるかもしれぬぞ」

「何」

「実はな、わしの耳に朗報が舞い込んだのだ」

「千里がどうかしたのか、先生」

新八郎は、あのあと辰巳屋親子がどうなったのか案じていた。

あの時、千里が惣右衛門を問い詰めなかったら、新八郎の怒りは頬を殴るぐらいでは収まらなかった筈だ。

千里の捨て身の父親説得に、新八郎の胸のつかえも、いささか収まったのであった。

とはいえ、その後の親子を見届けずに辰巳屋を引き上げている。

案じる目を泰庵に向けると、泰庵はにこりと笑って、

「千里は大事ない。父親ともうまくいっている。あんたに止めて貰わなかったらどうなっていたかと、千里は礼を言っていたぞ。つまりな、青柳殿。昨夜わしの家に

客があった。楠田《くすだ》一之助《いちのすけ》といってな、藩の次席家老にまで登り詰めた、かつてのわしの同輩じゃ」

「同輩……するとあなたは」

「そうだ。二十数年も前のことじゃが、わしは馬まわり役だったのじゃ」

「………」

新八郎は驚いた。

どう見ても、目の前の男が昔藩士だったとは思えない。自由闊達《かったつ》、豪放磊落《らいらく》、奔放に生きるを良とする今の泰庵と、世間を気にして生きる武士とはそぐわないのだ。

「何を目を丸くしているのだ。わしにだって若い時があったのだ」

泰庵は笑ったのち、

「話を戻すが、当時、藩政刷新の意気に燃える若手の一党がいてな。わしも楠田も、その一員だった」

「ほう……」

「そんなに感心されても困るが……ところがわしらの動きが上に知れてな。わしの方は『軽き身分にあるまじき振る舞い』と譴責《けんせき》減俸の処分を受けた。わしは頭にきてな、さっさと医者の道に転じてしまったという訳だ」

「ふむ……」

「ところが奴は、楠田のことだが、我慢強く踏みとどまって次席家老にまで登ったというわけだ。藩には、大商人などと結託して私腹を肥やす一派の腐敗ぶりを苦々しく思っている重役たちも何人かはいたが、その筆頭が楠田一之助なのだ」

「すると先生、その楠田殿が辰巳屋を成敗すると……」

「そうだ。いよいよ機は熟した、大掃除が始まると、そう言ったのだ」

「辰巳屋は、真っ先にやられると、そう考えていいのですね」

「むろんのことだ。庚申一家のごろつきども一蓮托生《いちれんたくしょう》、投獄される者も出るに違いない」

「………」

「どうした……嬉しくないのか」

「いや、千里殿のことを思うとな」

「案ずることはない。千里の話では、惣右衛門にも出直すきざしがあるようだ。これでよかったと、千里はあんたに感謝しておったわ」

「…………」

「まっ、そういう事だ。あんたの虫も少しおさまればと思ってな」

「いや、こちらの方こそかたじけない」

新八郎は礼を述べると立ち上がった。

やがて舟は早春に萌《も》える岸辺を両側に、ゆっくり川を下っていく。

見送る茂助や泰庵の姿が見えなくなった時、新八郎は目を転じた川岸に、颯爽《さっそう》と馬に乗ってこちらを見ている女を見た。

千里だった。

新八郎が手を上げると、千里は大きく腕を振った。

「千里はな、父親との修羅場《しゅらば》をあんたに見られて、どうやら恥ずかしいらしいな。見送りに行こうと誘ったのだが……ふっふっ、あいつも女だったとはな……」

船着き場で言った泰庵の言葉を、新八郎は思い出していた。

―――本書のプロフィール―――

本書は、二〇一四年十一月に徳間文庫から刊行された同名作品を加筆改稿して文庫化したものです。

小学館文庫

浄瑠璃長屋春秋記《じょうるりながやしゅんじゅうき》
紅梅《こうばい》

著者　藤原緋沙子《ふじわらひさこ》

二〇二〇年六月十日　初版第一刷発行

発行人　飯田昌宏
発行所　株式会社 小学館
〒一〇一-八〇〇一
東京都千代田区一ッ橋二-三-一
電話　編集〇三-三二三〇-五九五九
　　　販売〇三-五二八一-三五五五
印刷所——中央精版印刷株式会社

ISBN978-4-09-406783-5